Roswitha Wildgans, Jahrgang 1963, studierte an der Musikhochschule München Gesang. Sie trat als Solistin auf, war Mitglied in verschiedenen Profichören und arbeitete mehrere Jahre als Gesangspädagogin an einer Musikschule. Sie lebt mit Mann und Tochter in der Nähe von Freising. Im Emons Verlag erschienen »Finale Furioso«, »Solo Mortale«, »Concerto Fatale« und »Chorale Criminale«.

Dieses Buch ist ein Roman. Handlungen und Personen sind frei erfunden. Ähnlichkeiten mit lebenden oder toten Personen sind rein zufällig.

ROSWITHA WILDGANS

Canone Vocale

OBERBAYERN KRIMI

emons:

Umschlagzeichnung: Heribert Stragholz
Druck und Bindung: CPI – Clausen & Bosse, Leck
Printed in Germany 2010
ISBN 978-3-89705-729-6
Oberbayern Krimi
Originalausgabe

Meinen Eltern gewidmet

1.

»Viel Glück und viel Segen«, trällerten meine Chorkollegen durch meine brechend volle Weinstube »Zum Kuckuck«. Die ebenfalls zahlreich erschienenen Stammgäste und Freunde ließen sich nicht lumpen und stimmten in einer Tonart ihrer Wahl lautstark mit ein. Unser Chorleiter Gabriel Thurgau verzog missbilligend das Gesicht, während er sich wild fuchtelnd bemühte, wenigstens den Rhythmus nicht aus der Hand zu geben. Nachdem er den Kanon zu einem äußerst ungünstigen Zeitpunkt angehalten und einen Schlussakkord in schiss-Moll erzwungen hatte, stand unser Chorsprecher Ullrich auf und drehte sich feierlich in meine Richtung.

»Liebe Maja«, begann er, »anlässlich deines Geburtstages möchte ich mich auch heuer wieder im Namen des gesamten Chores für dein stetes Bemühen um unser körperliches und seelisches Wohl bedanken. In dieser Weinstube schlägt das Herz des Chores, hier laufen alle Fäden zusammen, hier entsteht die innere Bereitschaft ...«

»Jetzt kommen Sie doch auf den Punkt«, nörgelte Herr Thurgau ungeduldig.

Ich erhob mich schon mal von meinem Platz, um den offiziellen Teil des Abends zu beschleunigen. Gleich würde mir Ullrich eine weitere Porzellanfigur für meine bereits stattliche Sammlung an Staubfängern dieser Art überreichen, und ich würde mich wie immer artig und natürlich völlig überrascht dafür bedanken.

»Liebe Maja, auf Anregung einiger Chormitglieder haben wir uns in diesem Jahr auf ein ganz besonderes Geschenk für dich geeinigt. Da du in letzter Zeit häufig über Kreuzschmerzen geklagt hast, dachten wir ...«

»... an eine Heizdecke«, ergänzte ich trocken. Offenbar waren die Porzellanfiguren momentan vergriffen.

»Falsch«, antwortete Ullrich amüsiert, die Chormitglieder kicherten.

»Gesundheitslatschen«, mutmaßte meine beste Freundin Doris grinsend. Sie zog mich seit Jahren wegen meines Stöckelschuhticks auf.

»Noch falscher.« Ullrich fand anscheinend Gefallen an dem Ratespiel.

»Ich war dagegen, das sage ich Ihnen gleich«, vermeldete nun Herr Thurgau mit erhobenem Zeigefinger.

Nanu, was mochte das denn sein? Auf einmal war ich gespannt wie ein Kind an Heiligabend. Ullrich holte ein kleines flaches Päckchen aus seiner Jackentasche und reichte es mir quer über den Tisch. Es wurde ganz still, alle warteten auf meine Reaktion.

Ich packte das Geschenk vorsichtig aus und hielt schließlich eine Art Gutscheinheft in der Hand, auf dem in fetten Lettern »Gut Frieding« und »Zehnerkarte/Einzelunterricht« stand.

»Wofür ist das?«, wunderte ich mich laut.

»Du bekommst Reitstunden«, teilte mir Ullrich freudestrahlend mit.

»Wie, auf was?«, fragte ich etwas schwer von Begriff.

»Auf einem Besen«, witzelte Thea zur allgemeinen Belustigung.

»Quatsch, auf einem Pferd natürlich«, korrigierte Ullrich lachend. Die Menge wartete nach wie vor auf einen Luftsprung meinerseits.

»Auf einem echten?«, hakte ich sicherheitshalber nach.

»Selbstverständlich!«

Ullrichs gute Stimmung bröckelte ein wenig, wohl weil mein Gesichtsausdruck nicht gerade auf Begeisterung schließen ließ.

»Es war die Idee von Felix«, verteidigte er sich plötzlich.

Schräg gegenüber japste Doris verzweifelt nach Luft. Der Versuch, ihren Lachkrampf unter Kontrolle zu halten, war soeben gescheitert. Sie prustete dermaßen laut los, dass einige

Leute erschrocken zusammenfuhren. Zwei Sopranistinnen betonten aufgeregt, dass sie der Sache von jeher skeptisch gegenübergestanden hatten.

»Freust du dich denn nicht, Maja?«, fragte meine Freundin Lilli besorgt. Sie hatte diesem wirklich originellen Geschenk wohl ebenfalls zugestimmt. »Reiten ist ganz hervorragend gegen Kreuzschmerzen, das ist erwiesen.«

»Das Glück der Erde liegt auf dem Rücken der Pferde, Maja.« Diese bestimmt ehrlich gemeinte Aufmunterung kam von Petra, einer leidenschaftlichen Reiterin, die mich und die anderen Chormitglieder oft genug mit den Befindlichkeitsstörungen ihres ach so sensiblen Rosses nervte. Dabei war Petras Beruf weitaus aufregender als ihre Pferdegeschichten. Sie war nämlich Inhaberin eines kleinen Bestattungsunternehmens mitten in Freising.

Ullrich kam auf mich zu und quetschte sich neben mich auf die Bank. »Maja, ich bin untröstlich, wir wollten dir doch eine Freude machen!«, sagte er niedergeschlagen.

Der Übeltäter Felix stand ebenfalls von seinem Platz auf und drängte sich an meine andere Seite. »Maja, ich kann verstehen, dass du im ersten Moment vielleicht Angst hast, aber glaube mir, wenn du einmal dort oben gesessen bist, wirst du gar nicht mehr absteigen wollen.«

Noch hatte ich mich nicht zu dem ungewöhnlichen Geschenk geäußert; ich wusste nach wie vor nicht, was ich davon halten sollte.

»Die Schulpferde auf Gut Frieding sind lammfromm, du hast wirklich nichts zu befürchten«, redete Felix weiter auf mich ein. Er hatte wie Petra ein eigenes Pferd auf dem Reiterhof stehen, aber im Gegensatz zu ihr redete er kaum darüber. Als Tierarzt war er wohl froh, wenn sich die Gesprächsthemen hin und wieder nicht um Tiere drehten.

Mein langjähriger Angestellter Andreas flitzte grinsend an meinen Tisch und stellte unaufgefordert einen Grappa vor mir ab. »Ich würde es als Kompliment betrachten, wenn man mir im zarten Alter von neunundfünfzig ein paar Reitstunden schenken würde. Das heißt doch, dass du einen jugendlichen, sportlichen Eindruck machst!«, raunte er mir zu.

Mit zwei kräftigen Schlucken leerte ich das Glas und ließ mir Andreas' Worte noch mal durch den Kopf gehen. Was war denn schon dabei, sich von einem wiehernden Vierbeiner ein paar Runden im Kreis herumschleppen zu lassen? Genauer betrachtet, war das sogar eine Sportart, die meinem Naturell sehr entgegenkam.

»Na schön«, willigte ich schließlich ein, »aber wehe, ich bekomme davon O-Beine!«

Die umsitzenden Chorsänger applaudierten heftig, Doris machte große Augen, die gute Stimmung war wiederhergestellt.

Es wurde ein lustiger und feuchtfröhlicher Abend; sogar unser stocknüchterner Chorleiter Gabriel Thurgau schien sich zu amüsieren. Gut gelaunt wanderte ich von Tisch zu Tisch und nahm Glückwünsche und kleine Geschenke entgegen. Andreas und die beiden Studenten, die gerade bei mir jobbten, hatten alle Hände voll zu tun, die Gläser meiner trinkfreudigen Gäste nachzufüllen. Die kalten Snacks, die ich am Nachmittag vorbereitet hatte, waren bereits gegen elf Uhr restlos verputzt, und ich überlegte kurz, ob ich die für Mitternacht gedachte Gulaschsuppe eher servieren sollte.

»Benni«, rief ich den blonden, mageren Studenten, »hat schon jemand gefragt, ob es noch etwas zu essen gibt?«

»Bei mir nicht, Maja, aber einige Leute wollten wissen, ob sie nicht ausnahmsweise drinnen rauchen können, wo wir doch heute eine geschlossene Gesellschaft sind.«

»Nix da«, blieb ich knallhart. Vor einiger Zeit hatte ich in meinem Hinterhof ein riesiges leeres Weinfass mit zwei kleinen Bänken darin aufstellen lassen, in dem gleichzeitig vier Personen sitzen und rauchen konnten. Das regensichere Fass war gut angenommen worden, und die nicht rauchenden Gäste hatten meine Entscheidung sehr begrüßt, das Lokal rauchfrei zu halten, auch wenn unsere Regierung ihre Gesetze diesbezüglich permanent änderte.

Ich marschierte wieder zurück zum Chortisch und setzte mich neben meine zukünftige Reiterkollegin Petra.

»So eine Schnapsidee mit dem Reiten«, begann ich scherzhaft, »was habt ihr euch bloß dabei gedacht?«

»Aber Maja, es ist doch der Traum aller Mädchen, auf einem Pferd zu sitzen«, sagte Petra überzeugt.

»Ein Mädchen von neunundfünfzig Jahren hat andere Träume, das kann ich dir schon mal verraten.«

»Wetten, dass du so begeistert sein wirst, dass du nach den zehn Einzelstunden dabeibleiben willst?«

»Was macht dich da so sicher?«, wollte ich wissen.

»Ich kenne den Charme des Reitlehrers«, meinte Petra verschmitzt.

»Für den Charme von Männern mit Peitsche war ich noch nie empfänglich. Apropos, wirst du dabei sein, wenn man mich zum ersten Mal aufs Ross hebt?«

»Leider nicht, Maja, weißt du nicht, dass ich morgen Mittag fliege?«

»Wohin denn?«, fragte ich überrascht.

»Nach China. Ich mache eine zweiwöchige Kulturreise, ist das nicht toll? Ich habe lange darauf gespart, China hat mich schon immer fasziniert.«

»Das glaube ich gern, meine Tochter und ihre Familie planen auch seit einiger Zeit eine Chinareise. Und wer kümmert sich in der Zwischenzeit um dein Geschäft?«, erkundigte ich mich interessiert. »Oder machst du den Laden zu?«

»Das kann ich mir nicht leisten, ich werbe schließlich mit Rund-um-die-Uhr-Bereitschaft. Meine Schwester ist so nett und vertritt mich während meines Urlaubs. Sie ist mit der Arbeit vertraut, sie hat früher im Bestattungsunternehmen meiner Eltern im Saarland mitgeholfen.«

Petra strich sich eine Strähne ihres langen blonden Haares aus dem Gesicht. Sie war wirklich eine hübsche Frau. Ihre schlanke Figur betonte sie stets mit eng anliegender modischer Kleidung, und ihre Vorliebe für extravagante Brillen gab ihrer ganzen Erscheinung das gewisse Etwas. Meiner Meinung nach passte sie rein optisch besser in eine Modeboutique als in ein Bestattungsunternehmen.

»Machst du die Reise denn alleine?«, fragte ich neugierig. Ich wunderte mich schon lange, dass die unverheiratete Petra nie mit einem Mann an ihrer Seite auftauchte. Oder steckte etwa mehr hinter der Bemerkung über den charmanten Reitlehrer?

»Natürlich reise ich alleine, da muss ich mich wenigstens nach niemandem richten. Du verstehst mich doch, Maja, oder?«

Damit spielte sie auf mein langjähriges Singleleben aus Überzeugung an.

»Klar verstehe ich dich, aber China ist ein großes und für uns Europäer sehr fremdes Land. Wirst du dich nicht einmal einer Reisegruppe anschließen?«, hakte ich nach.

»Nee, ich habe keine Angst, und außerdem habe ich alles genauestens vorbereitet.«

Ich war beeindruckt von Petras Selbstsicherheit.

Plötzlich zupfte mich mein blonder Aushilfskellner Benni am Ärmel. »Kannst du bitte mal nach draußen kommen?«, forderte er mich auf. Offenbar gab es nun doch Probleme mit einigen Rauchern. Ich stand auf und ging hinter ihm her.

»Was ist denn los?«, erkundigte ich mich, als wir außer Hörweite waren.

Benni öffnete wortlos die Tür zum Hinterhof und trat hinaus, ich folgte ihm. Das Raucher-Weinfass war leer.

»Was willst du denn hier draußen?«, fragte ich irritiert.

»Kannst du bitte zur Biotonne gehen und den Deckel öffnen? Wenn du das Gleiche siehst wie ich, dann haben wir ein Problem.«

»Was soll denn da drin sein außer den Kartoffel- und Zwiebelschalen, die ich heute Mittag hineingeschmissen hab?«

»Bitte geh hin und sieh nach«, forderte er mich auf.

Entschlossen stapfte ich durch die Dunkelheit in die Ecke, in der sich die Mülltonnen befanden, und öffnete den Deckel der Biotonne. Merkwürdigerweise sah ich im spärlich einfallenden Licht etwas, das so aussah wie ein Paar schwarze

Schuhsohlen. Nach einer Sekunde wurde mir schlagartig bewusst, dass diese Schuhsohlen nicht allein in der fast leeren Tonne schweben konnten. Sie steckten an Füßen. Sofort knallte ich den Deckel wieder nach unten und drehte mich zu Benni um.

»Ich sehe also keine Gespenster«, sagte er ahnungsvoll. Seine Stimme zitterte ein bisschen. »Ist er …? Oder meinst du, da schläft jemand seinen Rausch aus?«

»Wir brauchen eine Taschenlampe«, entschied ich schnell.

»Aber Maja«, rief Benni entsetzt, »findest du nicht, wir sollten auf dem schnellsten Weg die Polizei informieren?«

»Auf dem zweitschnellsten, zuerst muss ich wissen, wer in meiner Mülltonne liegt!«

Die Tür zum Hinterhof öffnete sich und zwei rauchende Stammgäste kamen lachend heraus.

»Nanu, Maja, wir haben euch doch nicht etwa bei einem lauschigen Tête-à-Tête gestört?«, witzelte der eine.

»Es war genau das Gegenteil«, antwortete ich schlagfertig.

»Auweia, da hat wohl einer was auf die Mütze gekriegt«, folgerte der andere.

»Wir müssen warten, bis sie wieder drinnen sind«, flüsterte ich Benni auf dem Flur zu. »Ich hole schnell eine Taschenlampe aus meiner Wohnung. Du bleibst hier und tust so, als ob nichts gewesen wäre.«

»Ich weiß nicht, Maja …«

Der junge Mann hatte offenbar Bedenken wegen meiner unkonventionellen Vorgehensweise, aber davon ließ ich mich nicht beeindrucken.

Nach einer Minute war ich wieder bei Benni im Flur und hoffte inständig, dass in den nächsten Minuten nicht noch weitere Raucher Lust bekamen, ihrem Laster zu frönen.

Endlich trotteten die beiden Stammgäste wieder ins Lokal zurück und machten bei unserem Anblick noch einmal eine Bemerkung, ob das Hühnchen denn nun immer noch nicht gerupft sei.

»Schnell«, flüsterte ich Benni zu und lief hinaus.

»Ich stehe Schmiere, ich will da nicht reinschauen«, rief er mir leise hinterher.

Draußen knipste ich mit zitternden Fingern die Taschenlampe an und öffnete den Deckel der Tonne, dann leuchtete ich kerzengerade nach unten. Es war ein Mann, der da kopfüber zusammengesunken in meiner Tonne lag, sein Kopf ruhte seitlich abgeknickt auf blutroten Kartoffelschalen. Das mir zugewandte Auge war weit aufgerissen, der Blick leer. Unter dem Kinn des Mannes lugte etwas Schwarzes, Längliches hervor. Ich legte den Deckel langsam wieder auf die Tonne zurück und blickte geschockt zu Benni.

»Ist er …? We-we-wer ist es?«, fragte er stotternd.

»Felix Kirschbaum«, antwortete ich tonlos.

2.

Eine Stunde später saß ich Kommissar Herrmanns in der Küche der Weinstube gegenüber. Seine Kollegen hatten die Personalien meiner Gäste und Mitarbeiter aufgenommen und sie nach Hause geschickt, die Männer der Spurensicherung hatten die Herrschaft über mein Lokal übernommen.

Schweigend griff ich nach meinem frisch gezapften Pils und spülte den Schock über den grausigen Fund hinunter. So hatte ich mir das Ende meiner Geburtstagsfeier nicht vorgestellt.

»Sind das jetzt alle?«, wollte der Kommissar mit Blick auf die Liste aller der im Laufe des Abends anwesenden Gäste wissen, die ich soeben vor seinen Augen erstellt hatte.

»Ich glaube schon«, gab ich zur Antwort.

Er beobachtete mich mit zusammengekniffenen Augen, als wolle er mich schärfer sehen.

»Wie viel haben Sie denn heute Abend schon getrunken, Frau Kuckuck?«, fragte er lauernd.

»Bier, Wein oder Schnaps?«, fragte ich nach.

»Frau Kuckuck«, flüsterte er, während er sich langsam über den Küchentisch zu mir vorbeugte, »ich warne Sie: Für die Spielchen, die Sie mit meinem Vorgänger getrieben haben, fehlt mir der Humor.«

Daran zweifelte ich keine Sekunde.

Kommissar Herrmanns lehnte sich wieder zurück und verschränkte die Arme vor der Brust. Seine spitze Nase war weiter kerzengerade auf mich gerichtet.

Da mich das Schicksal schon mehrmals mit Mordfällen in meinem direkten Umfeld konfrontiert hatte, war mir der Umgang mit der Kriminalpolizei nicht fremd. Über viele Jahre hinweg hatte ich mich mit dem cholerischen und meist muffig gelaunten Kommissar Scheffel arrangieren müssen, und obwohl wir oft heftig aneinandergeraten waren, wusste ich doch, dass er mich im Grunde seines Herzens schätzte. Kommissar Scheffel polterte laut und ungestüm, wenn ihm etwas gegen den Strich ging, und damit konnte ich umgehen. Mit der bedrohlich stillen und unterschwellig fiesen Art dieses Kommissar Herrmanns hingegen hatte ich meine Probleme. Ich mochte ihn nicht, und es war unschwer zu erkennen, dass diese Abneigung auf Gegenseitigkeit beruhte.

»Sie haben heute Abend also keinen Streit oder irgendwelche Außergewöhnlichkeiten beobachtet«, fuhr er mit seiner Befragung fort.

»Doch, ich habe einen Toten mitsamt der Kanone, mit der er wahrscheinlich erschossen wurde, in meiner Mülltonne gefunden. Das ist außergewöhnlich.«

Kommissar Herrmanns fixierte mich regungslos mit seinem Röntgenblick.

»Herr Kommissar«, fügte ich schließlich hinzu, »mein Hinterhof ist von der Straße aus frei zugänglich. So ziemlich jeder hätte sich beispielsweise per Handy mit Felix dort verabreden und ihn erschießen können. Meine Gäste sind allesamt nette Menschen, die nicht mit einer Pistole zu meiner Geburtstagsfeier kommen. Dieser Gedanke ist absurd.«

»Die Ermittlungen führe ich«, kam es streng und unmissverständlich von gegenüber. »Frau Kuckuck, Sie werden sich morgen früh um acht Uhr auf der Polizeiinspektion in der Haydstraße einfinden und mir eine zweite Liste Ihrer Gäste zukommen lassen, die Sie in nüchternem Zustand erstellen werden.«

Seit drei Monaten war Kommissar Scheffel nun im Ruhestand, und ich hatte ganz ehrlich inständig gehofft, zukünftig nicht mehr in die Nähe eines Verbrechens zu geraten, aber so schnell kann's gehen. Es war nicht meine Schuld, und ich hatte nicht vor, mich von dem Neuen herumkommandieren zu lassen.

»Wenn Sie sich da mal nicht täuschen«, entgegnete ich unbeeindruckt. »Ich werde Ihnen die Liste bringen, sobald ich ausgeschlafen und gefrühstückt habe.«

Ohne die Reaktion des Kommissars abzuwarten, stand ich auf und ging grußlos nach oben in meine Wohnung. Was ich jetzt brauchte, war ein Absacker ohne Gesellschaft, um in Ruhe meine Gedanken ordnen zu können.

Das Telefon riss mich am nächsten Morgen aus einer Tiefschlafphase. Ich war erst gegen vier Uhr eingeschlafen, da mich der Tod von Felix noch lange beschäftigt hatte. Wer rief mich um Viertel nach acht an? Natürlich, dieser Unsympath Herrmanns wollte mir meinen wohlverdienten Schlaf nicht gönnen.

Ich hob ab und keifte böse: »Kuckuck!«

»Kirschbaum«, klang eine dünne, weibliche Stimme aus dem Hörer.

Sofort war ich hellwach. Das musste eine Verwandte von Felix sein!

»Mein Beileid, Frau Kirschbaum«, stammelte ich nervös in den Hörer, dann wartete ich ab, ob sich die Person als Felix' Ehefrau oder vielleicht als eine andere Verwandte zu erkennen geben würde. Ich wusste, dass Felix' Frau ebenfalls Tierärztin war, die beiden führten eine Gemeinschaftspraxis im Freisinger Stadtteil Vötting, ich hatte sie jedoch nie kennengelernt.

»Wie konnte das nur passieren?«, schluchzte die Stimme am anderen Ende der Leitung.

»Ich bin auch tief betroffen«, entgegnete ich unsicher.

Das Gespräch stockte. Die Frau schniefte leise, sagte jedoch nichts mehr. Wahrscheinlich gab sie mir eine Mitschuld an Felix' Tod, immerhin war er ja auf meiner Geburtstagsfeier gestorben.

»Kann ich irgendetwas für Sie tun?«, fragte ich vorsichtig. Je länger die Frau schwieg, desto unwohler fühlte ich mich.

»Ich möchte Sie sehen«, überraschte sie mich plötzlich mit fester Stimme.

»In Ordnung«, antwortete ich automatisch, obwohl mir danach eigentlich nicht der Sinn stand. Die Frau würde mir gegenüber doch hoffentlich keine Rachegelüste hegen?

»Um neun Uhr in ›Sissi's Kaffeehaus‹. Ich weiß, wie Sie aussehen.«

»Gut«, sagte ich kurz, dann hörte ich auch schon ein Klicken in der Leitung. Na wenigstens hatte sie einen belebten Ort für das Treffen vorgeschlagen, dachte ich beruhigt.

Ich ging unter die Dusche und wählte anschließend Hose, Bluse und Jacke in gedeckten Farben, um meine nigelnagelneuen, superschicken schwarz-silbernen Designerpumps angemessen zur Geltung zu bringen. Ich hatte mir diese Schuhe selbst zum Geburtstag geschenkt und wollte sie heute endlich tragen, nachdem sie mir gestern wegen der Bedienarbeit zu hoch gewesen waren. Zugegeben, zum Laufen waren die edlen Hacken nicht gerade geschaffen, aber ich würde bei dem Wetter ohnehin mit dem Auto fahren.

Dieser Freitag im Mai wartete mit dem reinsten Aprilwetter auf, Regenschauer und Sonnenschein wechselten sich mit Hilfe von teils heftigen Windböen im Viertelstundentakt ab. Ich hasste solch ein Wetter, aber im Moment war ich zu sehr abgelenkt, um mich darüber aufzuregen. Was diese Frau Kirschbaum wohl von mir wollte?

Gespannt bog ich am Altstadtparkhaus rechts ab und suchte einen Parkplatz möglichst nah an den Altstadtgalerien, in denen sich »Sissi's Kaffeehaus« befand.

Wie auf Stelzen balancierte ich in meinen Mega-Pumps zum Kaffeehaus vor und trat ein. Da ich fünf Minuten zu früh dran war und sowieso nicht wusste, wie Frau Kirschbaum aussah, steuerte ich einen Tisch im Wintergarten des Cafés an. Ich setzte mich auf einen Stuhl, schlug ein Bein über das andere und wippte stolz mit meinem Designerpumps, dann bestellte ich ein opulentes Frühstück. Nach einem alkoholreichen Abend wie dem gestrigen hatte ich morgens immer einen Bärenhunger.

Gerade als ich meine Gabel in das leckere Rührei stach, trat eine schlanke, dunkelhaarige Frau neben mich. Sofort stand ich auf und gab ihr höflich die Hand. Frau Kirschbaum nickte nur und setzte sich mir gegenüber auf einen Stuhl. Ich schätzte sie auf Mitte dreißig, sie konnte also nicht Felix' Mutter sein. Trotz ihrer deutlichen Augenringe war sie ein schöner Anblick. Frau Kirschbaum gehörte zu dem Typ Frau, der auch ungeschminkt äußerst attraktiv war. Die schulterlangen Haare trug sie streng nach hinten gebunden, sodass ihre ebenmäßigen Züge und ihre gleichmäßig gebräunte Haut gut zur Geltung kamen.

»Es stört Sie doch nicht, wenn ich nebenbei frühstücke?«, hielt ich es für angebracht zu fragen.

»Wenn Sie nach allem noch etwas essen können«, entgegnete sie kurz.

Ich kann, dachte ich im Stillen und verleibte mir das Rührei zusammen mit einem Butterbrot ein.

Frau Kirschbaum wollte offenbar nicht mit mir sprechen, solange ich aß. Sie bestellte einen Kaffee und blickte abwesend ins Leere, bis ich auch mein Müsli und mein Croissant vertilgt hatte. Frisch gestärkt zog ich schließlich meine Tasse Kaffee näher an mich heran und meinte: »Jetzt wäre ich so weit.«

Sie blickte mich mit ihren schönen braunen Augen an und sagte: »Ich danke Ihnen, dass Sie gekommen sind. Ich möchte bitte in allen Einzelheiten wissen, was gestern Abend passiert ist.«

»Frau Kirschbaum, ich wünschte, ich könnte Ihnen etwas darüber sagen. Zuletzt haben Felix und ich über die Reitstunden gesprochen, die mir der Chor geschenkt hat, danach habe ich mich um andere Gäste gekümmert und ihn aus den Augen verloren.«

Sie nestelte nervös an einer Serviette, ihre Finger zitterten leicht.

»Mein Mann hatte keine Feinde«, sagte sie in vorwurfsvollem Ton.

»Es tut mir entsetzlich leid, dass Felix ausgerechnet auf meiner Geburtstagsfeier zu Tode gekommen ist, aber ich kann doch nichts dafür. Bitte glauben Sie mir, dass ich ihn sehr gemocht habe. Im Chor war er ebenfalls sehr beliebt. Es besteht für mich kein Zweifel daran, dass der Mörder kein Gast meiner Feier war, mehr kann ich Ihnen leider auch nicht sagen.«

Sie atmete laut aus, tiefe Verzweiflung spiegelte sich auf ihrem Gesicht. Plötzlich empfand ich großes Mitleid mit der Frau, sie wirkte hilflos und allein.

»Frau Kirschbaum, wenn ich Ihnen irgendwie helfen kann, scheuen Sie sich bitte nicht, es mir zu sagen.«

Ihre Finger zitterten so stark, dass sie die Tasse Kaffee wieder absetzte, kaum dass sie sie angehoben hatte.

»Sie würden mir helfen, wenn sie mich jetzt gleich begleiten würden«, sagte sie leise.

»Natürlich begleite ich Sie«, versicherte ich ihr. »Wohin gehen wir?«

»Zum Bestattungsunternehmen.«

»Zu welchem?«, fragte ich erschrocken. Wenn man dort nicht mit dem Auto vorfahren konnte, würde ich mir entweder die Absätze oder die Füße brechen!

»Zu Petra Nagel, sie ist eine Bekannte vom Reiten«, meinte Frau Kirschbaum mit schwacher Stimme.

Gott sei Dank! Petras Geschäft lag in der Bahnhofstraße und hatte zwei eigene Stellplätze, da würde hoffentlich gerade kein Hochbetrieb herrschen.

»Aber Petra ist gar nicht da, sie fliegt heute nach China!«, fiel mir plötzlich ein.

»Ich weiß, sie hat mich gebeten, mich während ihrer Abwesenheit um ihr Pferd zu kümmern. Ihre Schwester vertritt sie.« Frau Kirschbaum erschien mir auf einmal sehr blass. Plötzlich japste sie fast atemlos: »Ich muss hier raus!«

Schnell zahlte ich die gesamte Rechnung und verließ mit ihr das Kaffeehaus, nicht dass sie noch umkippte. Kaum waren wir an der frischen Luft, zündete sie sich hektisch eine Zigarette an und sog in tiefen Zügen den Rauch ein. Ihre Hände hörten auf zu zittern, und sie wirkte wieder gefasster.

»Wir fahren mit meinem Auto«, teilte ich ihr mit. Da ich wusste, dass Felix in der Lankesbergstraße gewohnt hatte, ging ich davon aus, dass seine Witwe zu Fuß ins Café gekommen war.

»Haben Sie denn gar keine Verwandten hier in Freising?«,

fragte ich während der Fahrt, weil ich mich wunderte, dass sie ausgerechnet mich gebeten hatte, sie zum Bestattungsunternehmen zu begleiten.

»Felix und ich sind vor fünfzehn Jahren aus Hamburg zum Studium nach München gekommen und hier in der Gegend hängen geblieben. Alle unsere Verwandten wohnen in Norddeutschland«, klärte sie mich auf.

»Und Kinder haben Sie auch keine, wenn ich richtig informiert bin?«, fragte ich weiter.

»Sie sind richtig informiert. Wir haben zwei Pferde und einen Hund, das sind unsere Kinder.«

Ich kannte einige Leute, für die die eigenen Haustiere das Wichtigste im Leben waren, deshalb wunderte ich mich nicht besonders über diese Aussage, zumal sie von einer Tierärztin kam.

»Haben Sie denn schon Bekanntschaft mit Kommissar Herrmanns gemacht?«, gab ich meiner Neugierde nach.

»Ein Kommissar Herrmanns hat mich heute früh angerufen und sich für fünfzehn Uhr angemeldet. Er sagte, ich solle mich erst einmal um die Formalitäten kümmern. Heute Nacht waren zwei andere Polizeibeamte bei mir, sie waren sehr nett und haben sich rührend um mich gekümmert.«

Wir bogen in die Bahnhofstraße ein, und ich parkte meinen Minivan direkt vor »Bestattungen Nagel«. Wie ich gehofft hatte, waren die Stellplätze vor dem Laden frei.

3.

Mit forschen Schritten stöckelte ich voraus und öffnete die gläserne Geschäftstür. Mein Blick fiel sofort auf einen überdimensional großen dunklen Schreibtisch, hinter dem eine dunkelhaarige Frau saß und Zeitung las. Erschrocken legte sie das Freisinger Tagblatt auf den Tisch und faltete es hektisch zusammen, dann stand sie auf und kam uns entgegen.

Die Ähnlichkeit der Nagel-Schwestern war nicht zu übersehen, obwohl Petras Schwester ein ganz anderer Typ war. Sie trug keine Brille und war stark geschminkt, außerdem machte sie einen sehr strengen Eindruck. Wahrscheinlich lag es an dem schnurgeraden Pony, der einen peniblen Charakter erahnen ließ. Von Petras Natürlichkeit und Herzlichkeit hatte sie wenig, sie begrüßte uns nüchtern und geschäftsmäßig mit einem schlaffen Händedruck, stellte sich kurz als Iris Nagel vor und bot uns die beiden Plätze an der gegenüberliegenden Seite des großen Schreibtisches an.

Das Beratungszimmer war klein und äußerst spärlich nur noch mit einer Kommode möbliert. Links hinter dem Schreibtisch ging es wohl zum Ausstellungsraum, da hinter der geöffneten Tür eine Sargecke hervorlugte.

»Ich nehme an, Sie haben einen Trauerfall zu beklagen«, eröffnete Iris Nagel das Gespräch, wobei sie sich mehr an mich wandte.

»Das ist Frau Kirschbaum, ihr Mann ist heute Nacht unglücklich zu Tode gekommen, ich begleite sie nur«, teilte ich Frau Nagel mit.

»Ach, Sie sind das!«, rief Iris Nagel aus, dann sprach sie zu Frau Kirschbaum in erheblich wärmerem Ton. »Meine Schwester hat mich heute Nacht noch kurz informiert, dass Sie eventuell kommen würden. Eine schreckliche Geschichte, es tut mir sehr leid.«

Frau Kirschbaum nickte stumm, war jedoch spürbar erleichtert, dass Petras Schwester bereits über die Umstände von Felix' Tod Bescheid wusste.

»Und Sie sind …?«, wandte sich Frau Nagel an mich.

»Maja Kuckuck, ich bin Mitglied im gleichen Kirchenchor wie Ihre Schwester und wie der Verstorbene. Leider ist Felix ausgerechnet während meiner Geburtstagsfeier erschossen worden.«

»Ach, er wurde erschossen? Das hat mir meine Schwester nicht erzählt«, sagte Iris Nagel erschrocken.

»Weil sie es nicht wusste. Das wussten heute Nacht nur ich und die Polizei.«

Frau Nagel musterte mich verwundert. »Und der Mörder«, ergänzte sie schließlich.

»Natürlich«, pflichtete ich ihr bei.

Sie wandte sich wieder an Frau Kirschbaum und redete beruhigend auf sie ein: »Dieses Thema überlassen wir der Polizei. Meine Schwester hat mir gesagt, dass Sie gut mit Saba umgehen können.«

»Wer ist Saba?«, fragte ich nach.

»Saba ist das Pferd meiner Schwester«, erklärte Frau Nagel unwillig.

»Ach so, Petra spricht immer nur von ihrem Pferd, ich wusste nicht, dass es Saba heißt. Reiten Sie auch?«

»Frau Kuckuck, ich glaube nicht, dass das jetzt hierher gehört«, wies sie mich mit einem kurzen Seitenblick auf Frau Kirschbaum genervt zurecht.

»Das stimmt natürlich, entschuldigen Sie bitte, es hat mich einfach aus aktuellem Anlass interessiert.«

Plötzlich hatte ich das Gefühl, dass mich Iris Nagel loswerden wollte.

»Sie sind also nicht verwandt mit der Familie Kirschbaum?«, untermauerte sie meinen Verdacht.

»Nein«, gab ich zu, »aber Frau Kirschbaum hat mich gebeten …«

»Ich denke, wir sollten Ihre Zeit nicht länger in Anspruch

nehmen«, schnitt mir Iris Nagel das Wort ab und tätschelte gleichzeitig tröstend Frau Kirschbaums Hand. »Ab hier kommen Frau Kirschbaum und ich sicher allein zurecht.«

Frau Kirschbaum sagte nichts und starrte abwesend auf den Tisch.

»Na gut, dann werde ich Sie eben alleine lassen. Wenn Sie irgendetwas brauchen, Frau Kirschbaum, dann melden Sie sich«, bot ich der jungen Witwe an, bevor ich aufstand und das Geschäft verließ.

Diese Iris Nagel war eine durchsetzungsstarke Persönlichkeit, aber sympathisch wie ihre Schwester fand ich sie nicht.

Ich kaufte noch einige Lebensmittel im Supermarkt und fuhr wieder nach Hause. Als ich die Wohnungstür aufsperrte, hörte ich gerade noch eine mir höchst unangenehme Männerstimme auf meinen Anrufbeantworter sprechen: »... und ich warne Sie, Frau Kuckuck, ich kann auch anders.«

Oje, den Herrmanns mit seiner Namensliste hatte ich komplett vergessen! Widerwillig setzte ich mich an den PC und zermarterte mir den Kopf, welche Stammgäste und Freunde meiner Geburtstagseinladung gefolgt waren. Die Liste wurde länger und länger; ich hatte gestern Abend wohl doch einen Großteil der Gäste vergessen zu notieren. Abgesehen von unserem Kirchenchor, der vollständig erschienen war, kam ich schließlich auf zweiundfünfzig weitere Gäste. Die Liste, die ich gestern vor den Augen des Kommissars in der Küche der Weinstube angefertigt hatte, umfasste höchstens dreißig Namen. Eine weitere sarkastische Bemerkung seitens des Kommissars war mir also sicher. Trotzdem konnte ich mir beim besten Willen nicht vorstellen, dass Felix' Mörder aus meiner Geburtstagsgesellschaft kam. Felix war ein angenehmer und eher zurückhaltender Zeitgenosse, er war äußerst zuverlässig und verfügte über einen sonoren Bass. Es hatte nie irgendwelche Zwistigkeiten innerhalb des Chores mit ihm gegeben, weder musikalischer noch menschlicher Art. Sein sympathisches Wesen und das durchaus ansprechende Äußere kamen bei der Damenwelt zwar gut an, aber über etwaige Affären war mir ebenfalls nie etwas zu Ohren gekommen. Die einzige Frau, die ihn während der Proben auffällig oft unter Beschlag genommen hatte, war Petra. Als Tierarzt und Reiter verfügte er natürlich über die besten Voraussetzungen, die Marotten von Petras sensiblem Klepper richtig zu deuten. Ich hatte oft bewundert, mit welcher Geduld er sich Petras Pferdeproblemchen anhörte. Wir übrigen Chormitglieder interessierten uns logischerweise wenig für dieses Thema. In Zukunft würde sich Petra wohl an mich halten, schließlich würde ich auch bald vom Fach sein. Oder sollte ich die Sache mit den Reitstunden doch lieber lassen? Jetzt, wo Felix tot war, erschien es mir fast pietätlos, die Gutscheine einzulösen. Immerhin war es seine Idee gewesen.

Das Telefon klingelte. Genervt nahm ich ab und keifte: »Ich werde Ihnen die Liste gleich bringen!«

»Aber Maja, seit wann siezt du mich?«, fragte meine Chorkollegin Thea etwas verdattert.

»Entschuldige, ich hätte schwören können, dass du der Kommissar bist. Er möchte eine Liste mit den Namen meiner gestrigen Gäste haben, damit er sich ein paar Verdächtige heraussuchen kann«, erläuterte ich kurz.

»Genau deswegen rufe ich an, Maja. Ich war es nicht, ganz bestimmt nicht! Du musst dem Kommissar sagen, dass ich es nicht gewesen bin, für Felix Kirschbaum gehe ich doch nicht ins Gefängnis!« Thea redete schnell und aufgeregt.

»Thea, jetzt beruhige dich doch«, wirkte ich auf sie ein. »Wieso sollte der Kommissar denn ausgerechnet dich verdächtigen?«

»Wegen dem Dackel von meiner Mutter. Felix hat den Waldi wochenlang leiden lassen und zig völlig sinnlose Behandlungen an ihm durchgeführt. Eines Nachts sind wir schließlich ganz verzweifelt in die Tierklinik nach München gefahren, weil der Waldi fast keine Luft mehr gekriegt hat, und dann hat die Tierärztin dort gesagt, dass man den Waldi schon lange hätte einschläfern lassen müssen. Das war für meine Mutter natürlich fürchterlich, dass sie ihr geliebtes Viecherl so lange unnötig hat leiden lassen. Sie hat kurz darauf so abgebaut, dass ich sie vor zwei Monaten in ein Pflegeheim geben musste.«

»Das tut mir sehr leid, Thea, das hast du mir gar nicht erzählt«, unterbrach ich sie.

»Und das Beste kommt erst noch«, fuhr sie empört fort. »Nachdem der Waldi tot war, hat Felix meiner Mutter eine Rechnung in Höhe von fast dreitausend Euro geschickt, und zwar dafür, dass er den Waldi wochenlang so malträtiert hat! Ich habe Felix gefragt, ob das nicht reichlich überzogen war, aber er hat gesagt, man müsse sich eben vorher überlegen, ob man sich ein Tier zulegt. Stell dir das vor! Ich hätte ihn am liebsten auf der Stelle erschossen, das kannst du mir glauben, aber ich war es nicht! Und außerdem würde ich doch nie treffen, ich treff doch auf dem Volksfest auch nix!«

»Also, Thea, ich käme niemals auf die Idee, dass du jemanden erschießen würdest«, beruhigte ich sie. Außerdem gab ich ihr den Rat, dem Kommissar die Geschichte mit Waldi gar nicht erst auf die Nase zu binden, das würde ihn nur auf falsche Gedanken bringen.

Nachdem es mir gelungen war, Thea abzuwimmeln, druckte ich die Namensliste meiner Gäste aus, wechselte die Schuhe und marschierte in Richtung Polizeiinspektion.

Der arme Waldi! Felix war also doch nicht so beliebt, wie ich noch vor einer halben Stunde dachte. Da ich selbst kein Haustier besaß, wusste ich auch nicht, ob Felix allgemein als guter Tierarzt empfohlen wurde oder ob man eher von ihm abriet. Meines Wissens nach gab es vier oder fünf Tierarztpraxen in Freising, die Veterinäre mussten also durchaus auf ihren guten Ruf bedacht sein und um die Patienten werben. Bei Thea war Felix das nicht gerade gelungen. Plötzlich erschreckte mich ein Gedanke, sodass ich kurz stehen blieb. Woher wusste Thea, dass Felix erschossen worden war? Die Zeitung hatte heute noch nichts über den Mordfall bringen können, und meine Gäste wurden gestern nur mit der Information entlassen, dass Felix tot in meiner Mülltonne aufgefunden worden war. Hatte Thea das Wort »erschießen« vielleicht nur zufällig gewählt?

Als Beispiel sozusagen? Maja, rüffelte ich mich selbst, mach dich nicht lächerlich! Ich kannte Thea seit vierzig Jahren, die tat keiner Fliege etwas zuleide. Und ein Hund war immer noch ein Hund, dafür brachte man doch keinen Menschen um.

Endlich bog ich in die Haydstraße ein und läutete an der Tür der Polizeiinspektion. Der Polizeibeamte an der Pforte teilte mir mit, dass Kommissar Herrmanns nicht im Haus war. Ich gab dem jungen Mann meine Gästeliste und verschwand möglichst schnell aus dem ockergelben Gebäude. Dass ich den Kommissar nicht angetroffen hatte, kam mir sehr entgegen, somit hatte ich zwar meine Pflicht getan, wurde jedoch von blöden Fragen und Bemerkungen verschont. Spontan entschloss ich mich, meine Freundin Doris im Rathaus aufzusuchen, um eventuell mit ihr Mittagessen zu gehen.

4.

»Wurde deine Biomülltonne schon geleert?«, fragte Doris, als ich ihr Büro betrat.

»Nein, sie wurde komplett mitgenommen«, berichtete ich meiner Freundin.

»Und wann bekommst du sie wieder?«

»Ich will sie nicht mehr! Du hast vielleicht Ideen!« Doris' pragmatische Art zu denken erstaunte mich zuweilen noch immer.

»Jedenfalls wird ganz Freising morgen über deine makabere Geburtstagsfeier sprechen. Die Presse wird die Angelegenheit mit Sicherheit groß aufbereiten«, warnte mich Doris.

»Jetzt, wo du es sagst, wundere ich mich tatsächlich, dass sich noch kein Journalist bei mir gemeldet hat. Ob dieser Kommissar Herrmanns womöglich vergessen hat, die Presse zu informieren? Meinst du, dass ich das selber machen muss?«

»Quatsch. Überhaupt wäre ich an deiner Stelle froh, wenn dein Name in der Angelegenheit nicht allzu oft strapaziert werden würde. Deine Küchenabfälle sprechen eher für zweifelhafte Gerichte in deinem Hause.«

Ich sah das etwas anders. Meiner Meinung nach konnte man gar nicht oft genug in der Zeitung stehen, schlechte Werbung war immer noch besser als gar keine. Nur wenn die Leute über einen redeten, war man interessant.

»Was hältst du davon, wenn wir aufs Uferlos-Festival gehen und dort einen Happen zu uns nehmen?«, schlug Doris vor. »Als Kulturreferentin sollte ich mich gelegentlich dort blicken lassen.«

»Aufs Uferlos?«, fragte ich skeptisch. »Kann man da etwas Anständiges essen?«

Ich war noch nicht auf Freisings neuem Kulturfestival gewesen. Nachdem heftige Unwetter den Veranstaltern in den ersten Tagen zu schaffen gemacht hatten, wollte ich erst auf gutes Wetter warten, um mir ein Bild von dem groß angekündigten Event zu machen.

»Wir werden schon etwas für dich finden, Maja«, meinte Doris mit leicht genervtem Blick zur Decke. »Außerdem haben sich die Wolken gerade verzogen. Schau, es ist blauer Himmel.«

Ich ließ mich überzeugen, und so trotteten wir durch die Untere Hauptstraße in Richtung Luitpoldanlage.

Je länger wir in der Sonne marschierten, desto heißer wurde mir. Da ich mich seit dem Morgen nicht umgezogen hatte, trug ich immer noch die dunkle Hose, Bluse und Jacke, die ich für das Treffen mit Frau Kirschbaum ausgewählt hatte. Doris war ebenfalls viel zu warm angezogen und jammerte: »Seit der Wind weg ist, haben wir auf einmal Hochsommer. Vielleicht sollte ich mir auf dem Uferlos doch diese Jesuslatschen kaufen, die ich neulich schon im Auge hatte, meine Füße brennen.«

Auch meine Füße brannten, aber in Jesuslatschen würde ich nicht einmal bei vierzig Grad herumschlurfen, das war einfach eine Stilfrage.

Als wir auf das Gelände des Festivals kamen, war ich positiv überrascht. Es gab mehrere gemütliche Biergärten und Essenszelte, dazwischen waren größere Zelte mit Showbühnen aufgebaut, auf denen nachmittags und abends diverse Live-Bands spielten. Die Marktstände boten von afrikanischem Kunsthandwerk über indische Kleider bis hin zu handgemachten Schmuckstücken und Lederwaren einen vielfältigen Multikulti-Mix. Ein Geruch von Räucherstäbchen lag in der Luft, der sich hier und da mit den Dämpfen internationaler kulinarischer Köstlichkeiten vermischte.

»Es hat was«, meinte ich zu Doris, während diese bunte Hippiekleider an einer Kleiderstange hin und her schob.

»Was Bequemeres gibt es nicht«, erklärte sie mir ihr Interesse an den leuchtfarbenen Textilien. Dann griff sie nach einem weiten, rot-orange-grün gemusterten Schlabbergewand und rief entzückt: »Das ist es! Ich ziehe es gleich an!«

Sie verschwand hinter einem Vorhang in der Ecke des Standes und kam kurze Zeit später als überdimensionaler Papagei wieder heraus.

»Na, wie findest du es?«, fragte sie mich begeistert.

»Du hast überhaupt keine Figur in dem Fetzen«, flüsterte ich ihr meine ehrliche Meinung zu.

»Das ist ja das Angenehme. Endlich ein Kleidungsstück, bei dem man nicht den Bauch einziehen muss. Und so luftig, mir ist gar nicht mehr heiß. Komm her und probier dieses hier, die Farben passen hervorragend zu deinem Typ«, redete sie auf mich ein.

»Niemals«, wehrte ich mich, aber Doris schob mich unsanft hinter den Probier-Vorhang.

Um meiner Freundin zu demonstrieren, wie bescheuert ich damit aussehen würde, schlüpfte ich aus meinen Sachen heraus und in das leuchtend bunte Flattergewand hinein. Kaum hatte ich das Ding an, riss eine Verkäuferin mit einem Nasenpiercing den Vorhang auf und urteilte zusammen mit Doris: »Wie für dich gemacht!«

Skeptisch betrachtete ich mich im Spiegel, der irgendwie verzerrt war, und mich gertenschlank aussehen ließ. Oder war es doch das Kleid, das einen so vorteilhaft streckte?

»Na schön«, gab ich nach.

»Wir lassen die Kleider gleich an«, teilte Doris der zufriedenen Verkäuferin mit dem Nasenring und den verfilzten Haarwürsten mit. Jedenfalls ist es angenehm und luftig zu tragen, dachte ich, während wir bezahlten.

Zwei Stände weiter kaufte Doris noch ihre ledernen Jesuslatschen, wobei sie es diesmal unterließ, mir ebenfalls ein Paar anzudrehen. Sie wusste, dass das ein unmögliches Unterfangen war und blieb, solange noch niemand Jesuslatschen mit Stöckelabsätzen erfunden hatte.

»Und jetzt gehen wir zum Berber«, entschied sie euphorisch.

»Gibt es da etwas zu Essen und zu Trinken?«, wollte ich wissen. Mir klebte die Zunge am Gaumen, und ich hatte Hunger.

»Lass dich überraschen«, meinte Doris grinsend.

Das bunte, weit geöffnete Zelt, das Doris für unser Mittagessen ansteuerte, hatte eine Kindergartenbestuhlung. Mit gemusterten Teppichen unter den niedrigen Hockern und den bunten Tischen strahlte es eine gewisse Heiterkeit aus.

Ich machte es mir, so gut es ging, auf einem der Kindergartenhocker bequem, während Doris uns an der Theke arabische Spezialitäten und Bier besorgte. Das Einzige, was mir auf meinem Teller bekannt vorkam, waren Falafelbällchen, der exotische Rest war jedoch ebenfalls schmackhaft.

Ich berichtete Doris von meinem Treffen mit Frau Kirschbaum und dass ich diese auf ihren Wunsch hin zu Petras Schwester ins Bestattungsunternehmen begleitet hatte. Doris hörte aufmerksam zu, obwohl sie weder Petra noch die Kirschbaums persönlich kannte. Sie war kein Mitglied unseres Kirchenchors und kannte die meisten Sänger nur vom Sehen.

»Den Namen Kirschbaum habe ich übrigens schon öfter im Rathaus gehört«, machte sie mich neugierig.

»Ach, und in welchem Zusammenhang?«

»Zuerst hole ich unsere Nachspeise«, verkündete Doris mit einem süffisanten Lächeln, das ich nicht so recht deuten konnte. Sie erhob sich schwerfällig vom Kindergartenhocker und ging auf einen arabisch aussehenden Mann zu, der hinter einer weiteren Theke stand. Die beiden sprachen kurz miteinander, dann kam Doris zurück und setzte sich wieder neben mich.

»Wo ist die Nachspeise?«, fragte ich irritiert.

»Wird gerade vorbereitet«, sagte sie gut gelaunt. »Wo waren wir stehen geblieben? Ach ja, bei den Kirschbaums. Die haben einen Kampfhund, über den laufend Beschwerden eingehen. Unser Mann vom Ordnungsamt kann den Namen Kirschbaum schon nicht mehr hören.«

»Einen Kampfhund? Aber als Tierarzt muss man sich mit so einem Hund doch auskennen und wissen, was zu tun ist, damit er nicht gefährlich wird«, wunderte ich mich laut.

»Das sollte man meinen, und den Kirschbaums zufolge ist das riesige Tier auch lammfromm. Einige Freisinger Bürger hatten jedoch unliebsame Begegnungen mit dem Hund. Die Kirschbaums vertreten nämlich die Meinung, dass es für die ausgeglichene Psyche dieser Rasse wichtig ist, dass der Hund regelmäßig Auslauf ohne Leine hat, damit er seine überschüssige Energie loswird.«

»Klingt sehr beruhigend«, bemerkte ich ironisch.

»Es ist darum schon öfter vorgekommen, dass die Kirschbaums den Hund in den Wäldern um Freising herum laufen lassen haben, und dieses angeblich so lammfromme Monster dann zähnefletschend Jogger oder Spaziergänger in Schach gehalten hat. Die armen Menschen wussten in diesem Moment natürlich nicht, dass der Hund bei den vorgeschriebenen Wesenstests jedes Mal als ungefährlich eingestuft wurde, und manche wollten das auch gar nicht glauben. Einige Jogger waren sich sicher, dass sie der Hund angegriffen hätte, wenn sie auch nur einen Schritt weitergelaufen wären. Ein Spaziergänger nannte die Zeit, in der er stocksteif auf die Besitzer des knurrenden Hundes wartete, die schlimmsten Minuten seines Lebens.«

»Das kann ich absolut nachvollziehen«, gestand ich voll Schrecken. »Warum setzt man dem Tier zur Beruhigung der Leute keinen Maulkorb auf?«

»Bis tatsächlich etwas passiert, ist das wohl schwer durchzusetzen. Ah, da kommt ja unsere Nachspeise«, rief Doris.

Der Berber stellte zwei verschnörkelte, silberne Vasen mit heraushängenden Schläuchen auf unseren Tisch.

»Was soll das denn sein?«, fragte ich irritiert.

»Maja, wir sind hier in einer Shisha-Lounge. Weißt du denn nicht, was das ist?« Doris amüsierte sich köstlich. »Ich habe Vanille und Apfel genommen, welche willst du?«

»Was macht man damit?«, stellte ich eine hilflose Gegenfrage.

»Na, man raucht sie. Das sind sogenannte Shishas«, half mir Doris auf die Sprünge.

»Aber ich rauche doch gar nicht!« Manchmal musste ich mich schon sehr über meine Freundin wundern.

»Ich doch auch nicht, deshalb habe ich nikotinfreien Tabak bestellt.«

»Aha. Und wo ist jetzt der Apfel?«

Zwei junge Leute am Nachbartisch lachten über mich, während sich der Araber anschickte, ihnen ebenfalls zwei solche Geräte an den Tisch zu bringen.

»Man nimmt das Mundstück am Ende des Schlauches in den Mund und zieht daran«, erklärte mir Doris. »Die ersten drei Züge solltest du nicht so tief einatmen, da der Tabak noch nicht glüht, die Kohle aber schon. Sonst gibt es erst mal einen schlechten Geschmack. Was willst du denn nun, Vanille oder Apfel?«

»Vanille«, antwortete ich. Ich konnte mir beim besten Willen nicht vorstellen, einen Apfel zu rauchen.

Nach den ersten Zügen fand ich Gefallen an diesem Ausflug in eine fremde Kultur. Der Geschmack des Dampfes, den ich einsog, hatte tatsächlich eine leichte Vanillenote. Den vorbeiziehenden Freisingern fielen fast die Augen aus dem Kopf, als sie Doris und mich Wasserpfeife rauchend in unseren indischen Gewändern dort entdeckten. Obwohl einige Bekannte an uns vorbeiliefen, wagten es die wenigsten, uns zu grüßen.

Plötzlich verschluckte ich mich, als ich unseren ehemaligen Kommissar Scheffel an der Bude gegenüber entdeckte. Theo Scheffel wehrte sich laut protestierend und mit rigorosen Handbewegungen gegen seine Frau, unser geschätztes Chormitglied Ruth, während diese gleichzeitig geschäftig mit der Handleserin in der Bude verhandelte. Theo Scheffel flüchtete ein paar Schritte auf die Shisha-Lounge zu und erstarrte vor Schreck, als er Doris und mich mit der Wasserpfeife im Mund erblickte.

»Jetzt sei doch kein Spielverderber«, rief Ruth, als sie ihn eingeholt hatte. Theo Scheffel deutete stumm in unsere Richtung, bis auch Ruth uns sah. Sie erholte sich relativ schnell von dem ungewöhnlichen Anblick und stapfte zielstrebig auf uns zu. Mit den Worten »Endlich jemand, den ich kenne« zog sie zwei freie Hocker an unseren Tisch und ließ sich laut ausatmend nieder.

»Theo, komm her«, befahl sie ihrem Gatten und winkte ihn energisch herbei.

Theo Scheffel war zwar bestimmt erleichtert, dass er sich nun doch nicht aus der Hand lesen lassen musste. Trotzdem bewegte er sich nur widerwillig in unsere Richtung. Mit großer Mühe platzierte er seinen schweren Körper auf einem der niedrigen Hocker und suchte eine passende Position für seine Beine.

»Ich hatte früher auch mal so ein Kleid, ich meine damals, in der Flower-Power-Zeit. Trägt man das jetzt wieder?«, erkundigte sich Ruth, wobei ihr Blick mehr auf den Wasserpfeifen als auf unseren Kleidern heften blieb. »Sollen wir auch so was bestellen?«, wandte sie sich unsicher an ihren Mann, der noch kein Wort gesagt hatte und sich stattdessen mit einem Papiertaschentuch den Schweiß von der Stirn wischte.

»Ich will ein ganz gewöhnliches Bier, sonst nix«, antwortete er schließlich muffig.

»Na, wie kommst du denn mit dem Herrmanns zurecht, Maja? Jetzt wärst du froh, wenn der Theo noch im Dienst wäre, stimmt's?«, überging Ruth den Wunsch ihres Mannes.

»Allerdings, ich kann diesen Typen nicht ausstehen!«, bestätigte ich spontan.

»Frau Kuckuck, ich meine Maja, wie kannst du so etwas sagen!«, polterte Theo Scheffel los. Seit seiner Pensionierung waren wir per Du miteinander, wobei sowohl er als auch ich Probleme mit der neuen Anrede hatten.

»Ich sage nur die Wahrheit! Gibt es denn schon neue Erkenntnisse in Bezug auf gestern Abend?«, wollte ich von Theo wissen.

»Frau Kuckuck, ich meine Maja, ich bin nicht mehr im Dienst.«

»Aber Sie, ich meine du, hast doch bestimmt noch einen heißen Draht zu deinen ehemaligen Kollegen. Für so einen spektakulären Mordfall muss man sich doch interessieren.«

»Natürlich interessiert er sich …«, stieg Ruth in das Gespräch ein, bevor sie von ihrem Mann harsch unterbrochen wurde.

»Das geht uns alles nichts mehr an«, stellte er in strengem Ton klar.

»Theo, glaubst du, dass sich die Presse noch bei mir melden wird?«, wich ich leicht vom Thema ab.

»Ich weiß nicht, ob die Presse konkrete Namen bekommen hat. Der Kollege Herrmanns war immer der Meinung, dass man der Presse gegenüber zurückhaltender sein sollte.«

»Heißt das vielleicht, dass er die Presse gar nicht informiert hat?«, rief ich empört.

»Sicher wurde die Presse informiert, aber eben nur in dem Maß, wie es Kommissar Herrmanns für richtig hält. Es darf nicht passieren, dass Täterwissen in die Zeitung kommt.« Theo Scheffel schwankte auf seinem Hocker hin und her und wurde jetzt richtig unleidig. »Ich kann hier nicht sitzen, ich will hier weg. Ich will einen richtigen Stuhl oder eine Bierbank haben und ein ganz normales Bier trinken, das muss doch möglich sein!«

»Dieses Beduinenzelt ist nicht nach seinem Geschmack, vielleicht ist das eher etwas für Jüngere«, verteidigte Ruth nun ihren Gatten, während sie ihm vom Hocker hochhalf. »Verstehen Sie mich nicht falsch, Frau Winter, aber ein bisserl exotisch ist das schon«, teilte sie Doris in deren Eigenschaft als Kulturreferentin ihre Meinung mit. Dann hakte sie ihren Mann unter und steuerte mit ihm auf Schuhbauers-Oberwirt-Zelt zu, wo es in bayerischem Ambiente all das gab, was sich Theo wünschte.

5.

Nachdem ich mich auf halbem Rückweg vom Uferlos-Festival von Doris verabschiedet hatte, kreisten meine Gedanken wieder um den Mordfall Felix Kirschbaum. Wäre es möglich, dass sich beispielsweise ein von Felix' Hund bedrohter Jogger auf diese brutale Weise an ihm gerächt hatte? Nein, das konnte ich mir nicht vorstellen. Selbst wenn ein und dieselbe Person mehrmals von dem Tier zu Tode erschreckt worden wäre, machte es keinen Sinn, einen der beiden Hundehalter zu ermorden. Es wäre wesentlich effektiver gewesen, gleich den Hund um die Ecke zu bringen.

Als ich in die Landshuter Straße einbog, sah ich Frau Waller vom Freisinger Tagblatt vor meiner Haustür stehen und klingeln.

Na also, wer sagt's denn! Kommissar Herrmanns sollte die Presse mal besser nicht für dumm verkaufen. Ich beschleunigte meine Schritte, um die Journalistin möglichst schnell zu erreichen.

»Grüß Gott, Frau Waller, ich habe schon mit Ihnen gerechnet«, begrüßte ich sie auf den letzten Metern. Frau Waller hatte sich in der Vergangenheit mehrmals bei mir über verschiedene Delikte in Freising erkundigt, sie wusste mich als zuverlässige Informationsquelle zu schätzen.

»Sagen Sie bloß, dass die bewusste Gaststätte in Neustift Ihre Weinstube ›Zum Kuckuck‹ ist!« Frau Waller war wohl selbst über ihre eigene Spitzfindigkeit überrascht.

»So ist es. Der Tote wurde in meiner Mülltonne gefunden«, bestätigte ich eifrig, während ich meinen Schlüssel aus der Handtasche kramte.

»In der Mülltonne? Das wird ja immer schöner! Sie müssen mir alles haarklein erzählen, Frau Kuckuck, zur Belohnung bringe ich natürlich ein großes Foto von Ihnen in Ihrem hübschen Kleid. Ein sehr schön die Figur umspielender Schnitt ist das, also wirklich. Optimal, wenn man ein paar Pfunde zu viel auf den Rippen hat.«

»Was wollen Sie damit sagen, Frau Waller?« Diese Bemerkung gefiel mir nicht.

»Na, dass es eben wunderbar kaschiert.«

»So was habe ich gar nicht nötig. Ich trage es, weil es angenehm luftig ist.«

»Natürlich, Frau Kuckuck, aber jetzt lassen Sie uns reingehen und zur Sache kommen«, drängte Frau Waller.

Nein, jetzt hatte ich keine Lust mehr. Die Frau machte sich tatsächlich über meine Figur lustig und erwartete als Gegenleistung brandheiße Informationen von mir, aber so ging das nicht!

»Ich habe Anweisung von Kommissar Herrmanns, nicht mit der Presse über den Fall zu sprechen«, würgte ich die Konversation ab und knallte Frau Waller die Tür vor der Nase zu. Wo waren wir denn! Musste man sich heutzutage alles gefallen lassen?

Als ich meine Wohnung betrat und die Schuhe abstreifte, warf ich einen beiläufigen Blick in den Flurspiegel. Um Gottes willen, ich sah ja aus wie ein lebendes Zirkuszelt! Selber schuld, wenn man sich von einer Jesuslatschen tragenden Freundin beraten ließ. Die arme Frau Waller hatte mir also nur die Wahrheit gesagt und mich gerade noch vor einer Katastrophe bewahrt. Barfuß flitzte ich die Treppe nach unten, riss die Haustür auf und brüllte »Frau Waller!«

Kommissar Herrmanns, dem ich direkt ins Gesicht geschrien hatte, zuckte zusammen. »Ist Ihnen noch ein weiteres Detail für die Presse eingefallen?«, keifte er mit vor Zorn gerötetem Gesicht.

»Ach, Herr Kommissar, wollten Sie zu mir?«, fragte ich verdattert.

»Nein, ich stehe nur so vor Ihrer Haustür herum!«

O, là, là, da war jemand gar nicht gut aufgelegt. Erst jetzt bemerkte ich, dass Kommissar Herrmanns von einem kleinen, eher quadratisch gebauten jungen Kollegen begleitet wurde. Der lange, dürre Herrmanns mit der spitzen Nase und der kleine Mann mit der runden Knolle im Gesicht sahen im Gespann aus wie Oliver Hardy und Stan Laurel als Dick und Doof. Mühsam verkniff ich mir ein Lächeln.

»Sie haben mich heute früh versetzt«, klagte mich der Kommissar an.

»Ich habe Ihnen gesagt, dass ich nicht kommen würde«, antwortete ich gelassen.

Der Kommissar musterte irritiert mein Zirkuszelt von oben bis unten. »Wir sind nicht gekommen, um mit Ihnen Karneval zu feiern, Frau Kuckuck«, zischte er durch halb geschlossene Zähne, »wir haben einen Mordfall aufzuklären. Also lassen Sie uns jetzt gefälligst herein!«

Ich trat einen Schritt zur Seite und wies den Herren elegant mit der Hand den Weg die Treppe hinauf.

Wir setzten uns auf die Couch im Wohnzimmer, und ich wartete, was Kommissar Herrmanns von mir wissen wollte.

»Diese Liste hier, die Sie für mich abgegeben haben, ist nun also vollständig?«, erkundigte er sich mit Blick über seine Lesebrille. Ich nickte. »Können Sie sich erinnern, mit wem sich Felix Kirschbaum gestern Abend längere Zeit unterhalten hat?«

Ich überlegte etwas, dann antwortete ich: »Na, ich denke mal zunächst mit seinen Sitznachbarn Hans und Valentin. Dann ist er aufgestanden und hat sich zu mir gesetzt, wo er ein Weilchen blieb. Anschließend hat er sich auf die Bank neben unseren Chorleiter, Herrn Thurgau, geschoben, und danach kann ich es beim besten Willen nicht mehr sagen.«

Kommissar Herrmanns war sichtlich überrascht, dass ich mir Mühe gab, ihm zu helfen. Sein Gesichtsausdruck wurde etwas freundlicher.

»Mit welchen Chormitgliedern hatte Herr Kirschbaum denn üblicherweise am meisten Kontakt?«

»Mit Valentin, der im Bass neben ihm steht, und mit Petra. Petra hat ein Pferd, das wohl sehr empfindlich ist, und deshalb hat sie Felix oft nach der Probe um Rat gefragt.«

»Konnten Sie beobachten, dass Herr Kirschbaum die Gaststube gestern Abend zwischendurch verlassen hat?«, wollte der Kommissar weiter wissen.

»Nein, aber man muss am Tresen vorbeigehen, wenn man zur Toilette oder in den Hinterhof hinauswill. Es wäre also gut möglich, dass einer meiner drei Mitarbeiter ihn gesehen hat.«

»Hod da Kirschbaum g'raucht?«, mischte sich Kollege Oliver Hardy plötzlich mit breitem Freisinger Slang ein.

»Gelegentlich«, war ich sicher, »aber er konnte es auch ohne Zigarette aushalten.«

»Frau Kuckuck«, begann Kommissar Herrmanns nun wieder in vertraut gefährlicher Tonlage, »Sie sind ja bekannt für Ihre eigenen kriminalistischen Thesen. Wer hat denn Ihrer Meinung nach Herrn Kirschbaum erschossen?«

»Ich bin mit meinen Ermittlungen noch nicht vorangekommen«, antwortete ich ehrlich, ohne mir etwas dabei zu denken. Kommissar Herrmanns sprang sogleich von seinem Sessel hoch und baute sich mit rotem Gesicht und drohendem Zeigefinger vor mir auf.

»Frau Kuckuck, wenn Sie es wagen, eigene Schnüffeleien anzustellen und Ihre verdrehten Ergebnisse dann an die Presse weiterzugeben, werde ich ein Verfahren wegen der Behinderung polizeilicher Ermittlungen gegen Sie in die Wege leiten, darauf können Sie sich verlassen.«

Obwohl die Stimme des Kommissars leiser war als noch vorhin, fühlte ich mich etwas eingeschüchtert.

»Aber das würde ich niemals machen, Herr Kommissar«, versuchte ich ihn zu beruhigen.

»Was haben Sie Frau Waller erzählt?«, fragte er misstrauisch.

»Nichts, ich habe sie sofort wieder weggeschickt«, berichtete ich mit reinstem Gewissen.

»Und das soll ich Ihnen glauben?«, bohrte er weiter.

»Warum nicht? Ich war übrigens gerade mit Theo Scheffel auf dem Uferlos, natürlich rein privat.«

Jetzt bekam die rote Farbe auf Kommissar Herrmanns Wangen einen Stich ins Violette, nur seine Nase blieb nach wie vor weiß. Die Tatsache, dass ich mit seinem ehemaligen Chef verkehrte, passte ihm überhaupt nicht.

»Theo hat mir gesagt, dass Sie der Presse gegenüber lieber zurückhaltend sind, und das habe ich berücksichtigt.« Wenn auch mehr aus Versehen, aber das brauchte ich ihm ja nicht auf die Nase zu binden.

Oliver Hardy starrte mit hochgezogenen Brauen auf Stan Laurel alias Kommissar Herrmanns und wartete gespannt auf dessen Reaktion.

Es war das erste Mal, dass ich den Herrmanns sprachlos erlebte. Nach etwa zehn Sekunden hatte er sich wieder gefangen und meinte, ich solle mich bei ihm melden, wenn mir noch etwas einfiele. Dann hatte er es plötzlich ziemlich eilig und verließ mit seinem Kollegen meine Wohnung.

Müde von der relativ kurzen Nacht kochte ich mir erst einmal einen starken Kaffee. Danach wollte ich zum Aufräumen hinunter in die Weinstube gehen. Da die Spurensicherung die ganze Nacht im Lokal zugange gewesen war und meine Mitarbeiter und ich alles stehen lassen mussten, erwartete mich dort eine Menge Arbeit. Ich setzte mich mitsamt Kaffee wieder ins Wohnzimmer und schaute auf das noch ungeöffnete, große Paket in der Ecke, das mir meine Tochter Viola und mein Schwiegersohn Salvatore aus Verona geschickt hatten. Es enthielt die Staffelei, die ich mir zum Geburtstag gewünscht hatte. Da ich meiner einzigen großen Leidenschaft, dem Singen, mehr oder weniger nur am Freitagabend in der Chorprobe und an einigen Sonntagen in der Kirche nachging, war ich der Meinung gewesen, ich bräuchte ein weiteres Hobby zur Entspannung. Ich hatte ja nicht ahnen können, dass mir der Chor ebenfalls eine neue Freizeitbeschäftigung ausgesucht hatte.

Nachdem ich den Kaffee getrunken hatte, rief ich meine Tochter an und berichtete ihr von dem schrecklichen Ende meiner Geburtstagsfeier.

»Das ist ja fürchterlich, Mama. Aber dieser Kirschbaum hatte derzeit wahrlich keinen leichten Stand.«

»Was willst du damit sagen, du kennst den Mann doch gar nicht.« Meine Tochter lebte seit vierzehn Jahren mit ihrem italienischen Mann und den beiden Kindern in Verona, deshalb überraschte mich diese Aussage.

»Du weißt doch, dass ich regelmäßig mit meiner alten Freundin Babsi per E-Mail Kontakt habe und dass Babsis Bruder den Bio-Bauernhof von ihren Eltern übernommen hat. Er hat in den letzten Wochen großen Ärger mit dem Kirschbaum gehabt, weil der seine Rinder unbedingt gegen Blauzungenkrankheit impfen wollte. Babsis Bruder hat sich jedoch geweigert.«

»Wo ist denn das Problem?«, fragte ich nach. »Babsis Bruder kann mit seinen Tieren doch machen, was er will.«

»Eben nicht, die Impfung ist Vorschrift.«

»Aber da konnte doch der Felix nichts dafür«, verteidigte ich meinen ehemaligen Chorkollegen.

»Für die Vorschrift nicht, aber dass er auf die Durchführung der Vorschrift gedrängt und die umstrittene Impfung als harmlos verkauft hat, dafür konnte er schon etwas. Er hat den Nachbarn von Babsis Bruder überredet, seine Tiere impfen zu lassen, obwohl der, wie Babsis Bruder auch, große Angst vor den Nebenwirkungen der Impfung hatte. Und dann ist die große Katastrophe eingetreten: Die Kühe des Nachbarn haben zwölf tote Kälber auf die Welt gebracht, und zwei weitere Kälber haben Blut geschwitzt.«

»Das ist ja schrecklich!«, entfuhr es mir.

»Der Kirschbaum hat Babsis Bruder gesagt, dass er dessen Impfverweigerung gemeldet hat und persönlich dafür sorgen wird, dass dieser Fall verfolgt wird. Er war der Meinung, dass man die Verbreitung der Seuche um jeden Preis verhindern muss und dass das Verhalten von Babsis Bruder verantwortungslos ist.«

»Und die Tiere des Nachbarn sind tatsächlich an den Folgen der Impfung gestorben?«, fragte ich ungläubig nach.

»Die Bauern vermuten es jedenfalls.«

»Dann hat sich der Felix deswegen wohl viele Feinde gemacht.«

Unglaublich, dass ich in weniger als vierundzwanzig Stunden nach Felix' Tod bereits drei Geschichten gehört hatte, die den vermeintlich sympathischen Tierarzt gar nicht mehr so gut aussehen ließen.

»Ich kann mir schon vorstellen, dass sich der eine oder andere Bauer, dessen Tiere nach der Impfung qualvoll verendet sind, am Kirschbaum gerächt hat, zumal es in solchen Fällen auch keine finanzielle Entschädigung vom Staat gibt.«

»Aber wie soll man denn herausbekommen, welche Bauern davon betroffen sind?«, stöhnte ich.

»Mama, du sollst überhaupt nichts herausbekommen, das ist die Arbeit der Polizei. Bitte sei einmal so vernünftig und stecke deine Nase nicht in diesen Mordfall, nur weil du den Toten zufällig gekannt hast.«

»Du hast recht, Viola, außerdem brauche ich in Zukunft mehr Zeit für meine Hobbys. Neben der Malerei werde ich nämlich auch mit dem Reiten beginnen.«

»Waaas? Bist du jetzt total übergeschnappt? Ich kann hier nicht gleich weg, wenn du dir sämtliche Knochen brichst.«

»Ach was«, beruhigte ich sie. »Du siehst das viel zu sportlich. Von mir aus kann das Pferd machen, was es will. Hauptsache, es wird nicht schnell.«

Ich hörte, wie Viola laut Luft durch den Mund blies. Wahrscheinlich musste sie sich erst an den Gedanken gewöhnen.

Nachdem ich wieder aufgelegt hatte, machte ich mich in meinem Zirkuszelt an die Aufräumarbeiten in der Weinstube. Wenigstens dafür war der Fetzen geeignet.

6.

Während der Arbeit klingelte das Telefon in der Weinstube, ich hob ab.

»Frau Kuckuck, ich habe es schon in Ihrer Wohnung probiert, aber Sie waren nicht da«, quäkte unser Chorleiter Gabriel Thurgau durchs Telefon.

»Wenn ich in der Weinstube bin, bin ich nicht in meiner Wohnung«, erklärte ich ihm das Phänomen.

»Frau Kuckuck, es ist etwas Schreckliches passiert«, fuhr er fort.

»Schon wieder?«, rief ich erschrocken.

»Dieser Kommissar Herrmanns hat mich angerufen und mir gesagt, dass ich die Chorprobe heute absagen muss. Wie stellt der Mann sich das vor? Wir singen am Sonntag die Missa Aureatina von Menschick, das steht seit Wochen so im Pfarrbrief, und wie soll das gehen, wenn wir die Messe gar nicht proben können?«

»Aber Herr Thurgau, wir haben diese Messe doch schon mehrmals gesungen. Wer's jetzt noch nicht kann, der lernt's nimmer«, sagte ich ihm deutlich. »Aber weshalb will der Kommissar, dass wir heute nicht proben?« Dieser Herrmanns arbeitete wahrlich mit merkwürdigen Methoden.

»Er sagt, dass dann zu viel über den Mordfall geredet wird. Es gibt einige Chormitglieder, die noch nicht verhört werden konnten, und er hat Angst, dass die Leute alles durcheinanderbringen und nicht mehr wissen, was sie nur gehört oder was sie tatsächlich gesehen haben. Ich habe ihm den Vorschlag gemacht, dass er sich einfach vor den Chor setzen und aufpassen soll, dass niemand schwätzt, aber das wollte er nicht.«

»Und was ist mit meiner Weinstube? Soll ich meinen Gästen vielleicht einen Maulkorb aufsetzen?« Dieser Herrmanns hatte wohl nicht bedacht, dass der wichtigste Austausch unter den Chorkollegen in meinem Lokal stattfand.

»Ich soll den Chorsängern ebenfalls mitteilen, dass der Kommissar allen empfiehlt, sich heute Abend nicht in Ihrer Weinstube aufzuhalten.«

Jetzt schlug es aber dreizehn!

»Das ist geschäftsschädigend!«, empörte ich mich. »Ich werde dem Kerl eine Rechnung über den ausgefallenen Umsatz auf den Tisch knallen, das ist ja die Höhe!« Ich konnte mich kaum beruhigen.

Herr Thurgau wusste mir nichts zu entgegnen und schwieg.

»Will er vielleicht auch noch unsere Telefone sperren lassen?«, wetterte ich weiter.

»Ich kann nichts dafür, Frau Kuckuck«, schimpfte Herr Thurgau zurück.

»Sie hätten sich das nicht gefallen lassen dürfen, Herr Thurgau. Von mir lassen Sie sich doch auch nix gefallen!«

»Sie sind auch keine höhere Staatsgewalt, Frau Kuckuck.«

Das war wieder typisch, der obrigkeitshörige Thurgau kehrte den Tyrannen nur vor dem Chor heraus. Aber wenn ich unseren werten Chorleiter schon mal an der Strippe hatte, wollte ich ihn auch gleich mal zu der Sache befragen. Meine Neugierde schob den Ärger einen Moment in den Hintergrund.

»Herr Thurgau, hatten Sie eigentlich auch außerhalb des Chores Kontakt mit Felix?«

»Nur einmal, und das war die Hölle.« Herr Thurgau sprach in einem Tonfall dumpfen Entsetzens, als erzähle er von einem Horrorfilm.

»Und wieso?«, hakte ich interessiert nach.

»Weil Hannibal neben mir saß«, bibberte er in den Hörer.

Obwohl ich Herrn Thurgau nicht sehen konnte, spürte ich, dass er einem Schwächeanfall nahe war.

»Sind Sie okay, Herr Thurgau?«, fragte ich besorgt.

»Ich muss mich nur kurz hinsetzen«, antwortete er mit

zittriger Stimme. Kaum hatte er sich wieder halbwegs gefangen, sprudelte es nur so aus ihm heraus. »Die Kirschbaums hatten mich vor zwei Monaten zum Wildschwein-Essen eingeladen. Sie bekommen als Tierärzte öfter frisches Wild geschenkt. Es waren noch fünf weitere Gäste da, die ich nicht kannte, aber Hannibal interessierte sich nur für mich. Er saß direkt neben meinem Stuhl und starrte entweder mich oder mein Wildschwein an. Sobald ich die Gabel ins Fleisch stach, fletschte er die Zähne und knurrte. Mir lief der Angstschweiß nur so herunter, und ich glaube, das hat ihm besonders gut gefallen. Je mehr ich geschwitzt habe, desto öfter hat er sich mit der Zunge das Maul geschleckt. Die anderen Gäste haben sich alle laut unterhalten. Keiner hat etwas gemerkt, es war der reinste Horror! Als Frau Kirschbaum aufstand, um abzuräumen, warf sie mir einen äußerst gekränkten Blick zu, weil ich keinen einzigen Bissen vom Fleisch gegessen hatte. Es war entsetzlich peinlich.«

»Ach du meine Güte«, kommentierte ich die Geschichte, obwohl ich mir sicher war, dass es Hannibal nur auf das Wildschwein abgesehen hatte. Den trockenen Herrn Thurgau würde selbst ein hungriger Werwolf verschmähen. »Und wer waren die anderen Gäste?«, wollte ich wissen.

»Keine Ahnung, ich habe nichts von der Unterhaltung mitbekommen. Die Leute haben bestimmt gedacht, ich hätte einen an der Waffel, weil ich den ganzen Abend nichts gesagt habe.«

»Herr Thurgau, wie hat sich denn das Ehepaar Kirschbaum verhalten? Waren sie nett zueinander, oder gab es vielleicht irgendwelche Spannungen?«

Man musste schließlich auch die Möglichkeit in Erwägung ziehen, dass Frau Kirschbaum ihren Mann erschossen hatte. Vielleicht war die Ehe ja gar nicht so gut, wie man allgemein annahm.

»Die einzigen Spannungen an diesem Abend gab es zwischen Hannibal und mir«, machte Herr Thurgau eine klare Aussage. »Das heißt, beim Aperitif waren wir in einem anderen Raum, da war Hannibal noch nicht da. Da haben sich die Kirschbaums um den Wein gestritten, den sie zum Wildschwein servieren wollten. Herr Kirschbaum hatte die falschen Flaschen zum Atmen geöffnet, seine Frau wollte eigentlich einen anderen Wein trinken.«

»Und das war alles?«

»Ja. Und dann hat sich ein Herr über eine Dame aufgeregt, eine gewisse Saba, die ihn tatsächlich getreten haben soll. Angeblich wollte sie ihn sogar anspringen, aber er konnte gerade noch flüchten. Er meinte, diese Dame sei eine Gefahr für die Allgemeinheit, woraufhin ich ihm durch Nicken meine Zustimmung signalisiert habe.«

»So, so«, bemerkte ich amüsiert. Petras Pferd schien einen schlechten Tag gehabt zu haben.

»Frau Kirschbaum meinte zu der Angelegenheit lediglich, diese Saba sei eben sensibel. Aber so geht es ja wirklich nicht, Frau Kuckuck, oder was meinen Sie?«

»Nein, natürlich nicht.«

»Dann erwarte ich von Ihnen also eine häusliche Vorbereitung der Missa Aureatina. Ich werde die Noten morgen bei Ihnen einwerfen.«

»Das ist völlig überflüssig …«

»Frau Kuckuck«, fuhr Herr Thurgau scharf zwischen meine Worte. Offenbar hatte er sich von den Erinnerungen an Hannibal wieder erholt.

Am Samstagmorgen wachte ich früh auf. Am Abend vorher war wenig los gewesen in der Weinstube, Kommissar Herrmanns »Empfehlung« hatte fast alle Chormitglieder eingeschüchtert. Auch die Zahl der übrigen Gäste hielt sich in Grenzen. Ob der Mordfall die Leute verschreckt hatte? Natürlich hatte sich der grausige Fund längst in Freising herumgesprochen, auch wenn darüber gestern noch nichts in der Zeitung gewesen war. Lediglich Franziska, Ullrich und Lilli waren gekommen, um den Mordfall mit mir gemeinsam aufzuarbeiten. Eines stand fest: Innerhalb des Chores gab es niemanden, der mit Felix Probleme gehabt hatte, außer natürlich Thea wegen des Dackels ihrer Mutter.

Anstatt weiter nutzlos im Bett herumzuliegen, schlüpfte ich in meine Pantoffeln und holte das Freisinger Tagblatt aus dem Briefkasten. Mal sehen, was Frau Waller aus den spärlichen Informationen kombiniert hatte.

Ich machte es mir wieder im Bett gemütlich und schlug den Lokalteil der Zeitung auf. Was ich dort las, ließ mir vor Verblüffung fast den Atem stocken: Angeblich lag im Mordfall Felix K. seit gestern Abend ein Geständnis vor. Die geständige Person befinde sich allerdings auf der Flucht und habe das Geständnis telefonisch gemacht. Na, das waren ja Neuigkeiten! Aber wer war denn nun die geständige Person?

Sofort sprang ich aus dem Bett, lief zum Telefon und wählte die Nummer der Familie Scheffel.

»Ich bin nicht mehr im Dienst!«, brüllte Theo laut in den Hörer, nachdem ich es längere Zeit hatte klingeln lassen.

»Ich bin's, Maja. Ich wollte nur wissen …«

»Es ist sechs Uhr dreißig, was fällt Ihnen ein?«

Wusch, der Hörer knallte auf die Gabel.

Theo war so verärgert, dass er mich sogar siezte. Na schön, vielleicht hätte ich noch ein Stündchen warten sollen, aber ich platzte schließlich fast vor Neugierde.

Ich setzte in der Küche Kaffee auf und las den Artikel ein zweites Mal, aber es war daraus nicht einmal zu entnehmen, ob es sich beim Täter um eine Frau oder einen Mann handelte. Plötzlich läutete das Telefon. Verwundert über den frühen Anruf hob ich ab.

»Maja, hier ist Ruth. Ich muss ganz leise reden, damit Theo nicht wieder aufwacht. Ich darf nämlich nichts sagen, bis es offiziell ist.«

Vor Aufregung verschüttete ich gleich etwas Kaffee.

»Wer war es?«, flüsterte ich ebenfalls, obwohl bei mir niemand schlief.

»Es war Petra. Sie hat bei ihrer Schwester angerufen und gesagt, dass sie auf der Flucht ist, weil sie Felix erschossen hat.

Den Grund hat sie nicht genannt. Die Schwester von Petra hat sich schließlich durchgerungen, die Polizei zu informieren.«

»Das ist ja unglaublich, ausgerechnet Petra? Die beiden haben sich doch so gut verstanden.«

Ich hörte ein Knacken in der Leitung, offenbar hatte Ruth auflegen müssen, bevor Theo sie erwischte.

Tausend Fragen schossen mir durch den Kopf, es war kaum zu glauben, was mir Ruth da soeben erzählt hatte. Ich musste unbedingt zu Petras Schwester gehen und mir die Sache bestätigen lassen.

7.

Gegen acht Uhr war ich frisch geduscht und fertig angezogen, da klingelte abermals das Telefon.

»Ich bin's, Lilli. Ich hoffe, ich habe dich nicht geweckt, aber in der Zeitung steht ...«

»Ich weiß alles«, unterbrach ich sie sofort und berichtete meiner langjährigen Freundin aus dem Chor, was ich vorhin von Ruth erfahren hatte.

»Das glaube ich nicht«, platzte es aus Lilli heraus. »Petra wäre die Letzte gewesen, die ich verdächtigt hätte. Sie hing doch bei jeder Gelegenheit an Felix' Lippen, ich hatte sogar öfter den Eindruck, dass sie für ihn schwärmte.«

»Du sprichst mir aus der Seele. Aber wenn sie es selbst gestanden hat, wird sie es wohl gewesen sein«, meinte ich schulterzuckend.

»Und was ist, wenn Iris Nagel gelogen hat?«, fragte Lilli nach einer kurzen Zeit des Schweigens.

»Wieso sollte sie lügen? Was hätte sie davon, ihrer Schwester einen Mord anzuhängen? Außerdem würde doch spätestens nach Petras Rückkehr alles auffliegen.«

»Stimmt, war nur so ein Gedanke«, lenkte Lilli ein. »Trotzdem fällt es mir leichter zu glauben, dass Iris Nagel gelogen hat, als dass Petra Felix umgebracht hat. Irgendwas ist faul an der Sache, Maja.«

»Manchmal will man die Wahrheit einfach nicht glauben«, erklärte ich meiner Freundin.

»Und wenn Petra gar nicht zurückkommt, weil sie gar nicht weg war? Was wäre, wenn Iris Nagel aus irgendeinem Grund, den wir nicht kennen, Felix gehasst und umgebracht und anschließend ihre Schwester aus dem Weg geräumt hätte, um ihr den Mord an Felix und dieses merkwürdige Geständnis anzudichten?«

»Also ich weiß nicht, Lilli, das ist doch alles sehr weit hergeholt. Das hieße ja, dass Iris Nagel nicht nur Felix, sondern auch ihre eigene Schwester so gehasst haben müsste, dass es gleich für einen Doppelmord gereicht hätte. Und außerdem müsste dann doch Petras Leiche irgendwo auftauchen.«

»Vielleicht hat sie die Leiche versteckt?«

»Und wo?«, fragte ich ungläubig.

»Na denk doch mal nach«, fuhr Lilli mit ihrer Horrorgeschichte fort und machte eine Kunstpause. »Na?«

»Nein, du glaubst doch nicht …«

»Warum nicht, wenn man schon so viele Särge herumstehen hat? Außerdem verfügt Petras Geschäft über große, längliche Kühltruhen in einem der hinteren Räume. Das weiß ich, seit ich mich nach dem Tod meiner Tante mehrmals wegen der Auswahl des Sarges und des Zubehörs dort aufgehalten habe. Niemand würde Petra dort suchen, weil alle annehmen, dass sie sich ins Ausland abgesetzt hat.«

»Lilli, ich glaube, die Phantasie geht mit dir durch«, unterbrach ich sie. »Dieser hanebüchenen Theorie fehlt nämlich das Wichtigste: ein Motiv.«

»Nur weil wir das Motiv nicht kennen, heißt es nicht, dass es keins gibt. Immerhin hatten wir weder mit Petra noch mit Felix einen engeren Kontakt, der über das Chorleben hinausging. Und Iris Nagel kennen wir so gut wie überhaupt nicht.«

Ich schüttelte den Kopf. Lilli hatte einen gewissen Hang zur Naivität und war einer Idee verfallen, die so absurd war, dass sie höchstens als Drehbuch für einen Gruselfilm taugte. »Lilli, auch wenn wir die Gründe für Petras Tat womöglich nie erfahren werden, müssen wir uns damit abfinden, dass sie Felix erschossen hat.«

»Wahrscheinlich hast du recht«, gab Lilli zu. »Hast du dich eigentlich schon beim Reitlehrer gemeldet?«

»Nein, nach dem Tod von Felix bin ich mir nicht sicher, ob das angemessen ist«, verriet ich Lilli meine Bedenken.

»Aber natürlich. Bloß weil die Idee für die Reitstunden von

Felix kam, war es doch trotzdem ein Geschenk des ganzen Chores!«

»Also gut, dann werde ich mich heute darum kümmern«, versicherte ich meiner Freundin, bevor wir uns verabschiedeten.

Die schaurige Phantasie von Lilli spukte mir noch eine Weile im Kopf herum, also beschloss ich, mich direkt damit zu beschäftigen. Ich holte das Gutscheinheft von Gut Frieding aus der Schublade und wählte die dort angegebene Handynummer.

»Frey«, meldete sich ein Mann am anderen Ende der Leitung.

»Sind Sie der Reitlehrer?«, vergewisserte ich mich sofort, ob ich richtig gelandet war.

»Ja, mit wem spreche ich denn?«

»Mein Name ist Kuckuck, und ich möchte Reitstunden nehmen.«

»Ah, Frau Kuckuck, ich habe schon auf Ihren Anruf gewartet«, sagte die sympathisch klingende Stimme. »Ist es nicht schrecklich, was Dr. Kirschbaum passiert ist? Und auch noch ausgerechnet auf Ihrer Geburtstagsfeier? Aber angeblich ist der Täter ja bereits geständig.«

Herr Frey schien gut informiert zu sein.

»Das habe ich auch gelesen«, antwortete ich. Herr Frey wäre mit Sicherheit ebenfalls schockiert, wenn er wüsste, wer den Mord an Felix gestanden hatte. »Sie wissen, dass ich neunundfünfzig bin?«, erkundigte ich mich.

»Neunundfünfzig und rüstig, hat mir Petra versichert.«

»Dann sind Sie also bereit?«, wollte ich wissen.

Herr Frey lachte. »Selbstverständlich. Wenn Sie möchten, können wir heute Nachmittag gleich anfangen, mir ist nämlich soeben eine Stunde abgesagt worden.«

Nach kurzer Überlegung sagte ich zu. Bis drei Uhr nachmittags hatte ich genug Zeit, mir ein schickes Reiteroutfit zuzulegen, und dann konnte es von mir aus losgehen. Vorher wollte ich jedoch noch einen Abstecher in das Bestattungsunternehmen Nagel machen, um mir nach Lillis makaberem Gedankenspiel ein genaueres Bild von Petras Schwester zu machen.

Wenn ich es schaffte, einen der beiden Parkplätze vor dem Eingang zu ergattern, könnte ich durch die Glastür sehen, ob Iris Nagel Kundschaft hatte und gegebenenfalls noch ein Weilchen im Auto warten.

Die Luft hatte sich bereits am frühen Vormittag auf schwüle vierundzwanzig Grad erwärmt, bestimmt würde es heute noch Gewitter geben. Trotz Klimaanlage in meinem Minivan war die Luftfeuchtigkeit im Auto subtropisch.

Ich parkte neben einem Mercedes auf dem Kundenparkplatz vor dem Geschäft und konnte tatsächlich einen Mann im Anzug durch die spiegelnde Scheibe erkennen, der Iris Nagel am großen Schreibtisch gegenübersaß. Vorbeugend öffnete ich gleich einmal die Autofenster, damit wenigstens ein Hauch von Luft durch den Wagen wehte. Nach etwa zehn Minuten wurde ich langsam ungeduldig. Der Herr im Anzug und Iris Nagel schienen es nicht eilig zu haben. Im Seitenspiegel sah ich einen dunkelgrauen Leichenwagen, der direkt neben mir in die Zufahrtsstraße zum Hintereingang des Hauses einbog. Zwei kräftige Männer mittleren Alters in dunklen Anzügen stiegen aus, öffneten die Ladetür und zogen einen grauen Sarg auf einer Schiene mit ausklappbarem Fahrgestell heraus. Einer der beiden hielt die Tür zum Hintereingang auf, der andere schob den Sarg in das Gebäude. Das waren also die Mitarbeiter für die schwereren Arbeiten in dieser Firma.

Ich erinnerte mich an einen Abend nach der Chorprobe in der Weinstube, an dem Petra den interessierten Chorsängern erklärt hatte, dass sie sich in erster Linie um den beratenden und verwaltenden Teil des Unternehmens kümmerte. Die handwerklichen Arbeiten, die Versorgung der Verstorbenen und den Fahrdienst ließ sie von den bei ihr angestellten Bestattern erledigen.

Nach einer Weile kamen die beiden Mitarbeiter vorne zur Geschäftstür wieder heraus und marschierten zurück zum Wagen. Unschlüssig drehte ich an meinem Autoradio herum.

Wenn ich wüsste, wie lange sich das Beratungsgespräch noch hinziehen würde, könnte ich ja in der Zwischenzeit meine Reitausrüstung kaufen. Da lenkte eine Bewegung hinter der Glasfront des Bestattungsunternehmens meine Aufmerksamkeit auf sich. Iris verschwand im hinteren Raum und kam mit einem Fußball zurück, den sie auf den Tisch stellte. Der Kunde nickte eifrig. Jetzt verstand ich überhaupt nichts mehr. Handelte das Bestattungsinstitut auch mit Lederwaren? Als mein Blick die Werbeaufschrift über dem Schaufenster streifte, dämmerte es mir allmählich. »Große Auswahl an Urnen in verschiedenen Designs« war dort zu lesen. Offenbar gab es tatsächlich Leute, die ihre ewige Ruhe in einem Fußball zubringen wollten. Das Gespräch im Inneren des Ladens schien allmählich zum Abschluss zu kommen, die Fußballurne war scheinbar genau das, was der Kunde gesucht hatte. Der Mann stand auf und schüttelte Iris Nagel die Hand, dann verließ er endlich das Geschäft.

Jetzt oder nie, sagte ich zu mir, während ich die Autofenster schloss und ausstieg. Mit festen Schritten betrat ich den Beratungsraum. Iris heftete einige Unterlagen zusammen, die Fußballurne stand noch auf dem Tisch.

Als sie mich sah, sprang sie zwar erschrocken auf, kam jedoch nicht hinter dem großen Schreibtisch hervor.

»Hat es sich also schon herumgesprochen«, bemerkte sie wenig begeistert über mein Erscheinen.

»Entschuldigen Sie, Frau Nagel, dass ich hier so hereinplatze, aber ich war so erschüttert, als ich von Petras Geständnis gehört habe, dass ich unbedingt mit Ihnen darüber sprechen wollte.«

»Da gibt es nicht viel zu sagen, Frau Kuckuck. Ich weiß nichts darüber, und Petra kommt ganz sicher nicht mehr zurück.«

Dieser Satz klang in meinen Ohren so endgültig, dass es mich schauderte.

»Aber warum hat sie Felix umgebracht? Die beiden haben sich doch so gut verstanden.«

»Offenbar nicht«, entgegnete Iris kalt.

»Frau Nagel«, begann ich fast etwas verärgert, »geht Ihnen die Geschichte denn nicht nahe? Ihre Schwester hat einen Menschen umgebracht und dadurch auch ihr eigenes Leben komplett zerstört. Machen Sie sich keine Vorwürfe, dass Sie nichts bemerkt haben?«

Iris heftete ungerührt weitere Papiere zusammen. »Ich bin erst am Donnerstag nach Freising gekommen, und am Telefon hat meine Schwester sich nicht anders verhalten als sonst«, verteidigte sie sich.

»Aber nach meiner Geburtstagsfeier am Donnerstagabend haben Sie doch noch mit ihr gesprochen. Ist Ihnen da nichts aufgefallen?«

Frau Nagel blickte von ihren Papieren hoch und meinte: »Doch, sie war irgendwie komisch. Aber das war ja auch kein Wunder, schließlich war gerade ein guter Bekannter von ihr ermordet worden.«

Neugierig sah ich sie an und versuchte herauszufinden, ob sie ihre gefasste Haltung womöglich nur spielte. Welche Regungen verbargen sich hinter dem perfekten Make-up? Ich konnte es nicht sagen, die äußerliche Fassade wirkte undurchdringbar.

»Sonst noch was, Frau Kuckuck?«, fragte sie in einem Ton, der deutlich machte, dass sie mich loswerden wollte.

»Haben Sie Petra denn nicht gefragt, weshalb sie Felix erschossen hat?«, blieb ich hartnäckig am Thema dran. »Ich meine, vielleicht war es ja eine Art Notwehr und sie müsste gar nicht ins Gefängnis, wenn sie zurückkäme.«

»Sie kommt nicht zurück, da können Sie sicher sein«, wich Iris meiner Frage aus. Woher nahm sie diese Gewissheit, dass Petra nicht zurückkommen würde? Ein mulmiges Gefühl durchzog meine Magengegend.

»Und jetzt entschuldigen Sie mich, ich habe zu tun«, versuchte sie mich erneut rauszuwerfen.

»Was wird eigentlich aus Petras Geschäft?«, bohrte ich weiter.

»Es ist gut möglich, dass ich mich entschließe, nach Freising zu ziehen. Petra hat mir am Telefon angeboten, dass ich ihr Geschäft weiterführen kann, wenn ich möchte. Da ich ebenfalls gelernte Bestatterin bin, war das natürlich naheliegend. Außerdem könnten dadurch die Angestellten ihre Arbeitsplätze behalten.«

»Ach, Sie hat Ihnen am Telefon also noch schnell ihr Geschäft angeboten«, rutschte es mir heraus. Es erschien mir ziemlich seltsam, dass Petra während eines einzigen Telefonats einen Mord gestanden und nebenbei an die berufliche Zukunft ihrer Schwester gedacht haben sollte.

Frau Nagel reichte es nun mit der Fragestunde, sie stand auf und gab mir die Hand. »Ich wäre Ihnen sehr dankbar, wenn Sie mich alleine lassen würden, Frau Kuckuck. Die Situation ist schließlich auch für mich nicht ganz einfach.«

Den Eindruck hatte ich bis jetzt zwar nicht, trotzdem kam ich der Aufforderung nach. Ich hatte ohnehin genug gehört, um Lillis Gruselgeschichten in meinem Kopf wieder aufleben zu lassen.

Während ich in die Krumbachstraße im Stadtteil Lerchenfeld fuhr, dachte ich darüber nach, wie wohl Kommissar Herrmanns das telefonisch abgelegte Geständnis aus zweiter Hand bewertete. Ohne Beweise vermutlich gar nicht. Es könnte ja sonst jeder daherkommen und erzählen, dass irgendwer angerufen und irgendetwas gestanden hatte. Sicher würde der Kommissar in den Passagierlisten der Airlines nach dem Namen Petra Nagel suchen lassen, auf die Art konnte man wenigstens feststellen, in welches Land sie sich abgesetzt hatte. Wenn sie mit dem Zug gefahren war, würde ihr Name allerdings nirgendwo auftauchen. Und wenn sie gar nicht erst abgereist war, wie Lilli vermutet hatte? Ob der Kommissar diese Möglichkeit auch in Betracht zog? Wo hatte Iris Nagel eigentlich bisher gearbeitet und gelebt, dass sie so flexibel reagieren konnte?

Fragen über Fragen, die ich jedoch erst einmal beiseiteschob, als ich vor dem Reiterladen in der Krumbachstraße nach einem Parkplatz suchte.

Ich hatte keine Ahnung, was man für eine Erstausrüstung alles benötigte, und hoffte, dass man mir keine unnötigen Sachen aufschwatzen würde.

Kaum hatte ich die Ladentür geöffnet, kam eine junge, sportliche Verkäuferin auf mich zu und fragte nach meinen Wünschen.

»Ich habe heute meine erste Reitstunde und brauche eine komplette Grundausstattung«, teilte ich ihr mit.

Die Verkäuferin schaute mich verdutzt an.

»Wollen Sie nicht erst einmal abwarten, ob der Reitsport überhaupt das Richtige für Sie ist? Ich meine, wenn es Ihnen dann doch nicht gefällt, können wir die bereits benutzten Sachen nicht mehr zurücknehmen, das müssen Sie wissen.«

»Natürlich, aber wenn wir ehrlich sind, macht so ein schickes Reiteroutfit doch den eigentlichen Reiz dieser Sportart aus«, gestand ich offen, quasi von Frau zu Frau.

»Wenn Sie das so sehen, fangen wir gleich mal mit der Reithose an«, antwortete die Verkäuferin beflissen und zog mich zu einer langen Kleiderstange, an der Reithosen in verschiedenen Farben hingen.

Nach einigen Anproben entschied ich mich für ein dunkelblaues, eng anliegendes Modell, das meine Beine optisch verlängerte und meiner Figur sehr schmeichelte.

»Jetzt brauche ich noch die passenden Stiefel dazu«, rief ich euphorisch, »und zwar welche mit glänzenden silbernen Stielen hinten dran.«

»Sie meinen Sporen, aber die brauchen Sie als Anfängerin nicht, das ist nur etwas für Fortgeschrittene.«

»Aber das Pferd muss doch nicht unbedingt wissen, dass ich Anfängerin bin«, beharrte ich. Erstens konnte es nicht schaden, wenn das Pferd gleich etwas Respekt vor mir hatte, und zweitens war ich nicht bereit, auf dieses ungemein attraktive Accessoire zu verzichten.

Die Verkäuferin brachte mir verschiedene Stiefelmodelle in

unterschiedlichen Preislagen, wobei mir Gott sei Dank auch die billigeren Modelle gut gefielen. Dann peppte ich die Stiefel meiner Wahl mit wunderschön funkelnden Sporen auf. Den ebenfalls erworbenen Reithelm auf dem Kopf, betrachtete ich mein Spiegelbild und war hin und weg. Wieso musste ich eigentlich erst neunundfünfzig werden, um auf diese todschicke Sportart aufmerksam zu werden? Ich konnte es nicht lassen, mir noch ein enges weißes Sport-T-Shirt und eine hübsch federnde Peitsche zu kaufen.

Jetzt war das Bild perfekt, aus dem Spiegel blickte mich die berühmte Turnierreiterin Maja Kuckuck an. Aber irgendetwas fehlte noch. Ach ja, das Pferd. Glücklich zahlte ich die beachtliche Rechnung, schleppte die vielen Tüten zu meinem Auto und fuhr mit großer Vorfreude nach Hause.

8.

Nach einem leichten Mittagessen schlüpfte ich in meine neue Sportbekleidung und machte mich auf den Weg zum Gut Frieding. Meine silbernen Sporen lagen auf dem Beifahrersitz, da man mit den Dingern nicht Auto fahren konnte. Frieren würde ich heute bestimmt nicht, in den hohen Stiefeln brach mir schon ohne sportliche Betätigung der Schweiß aus. Wer schön sein will, muss eben leiden, warum sollte das im Sport anders sein. Ohne Probleme fand ich den Reiterhof und parkte mein Auto auf dem abgegrenzten Parkplatz neben der Pferdekoppel. Noch im Auto montierte ich mir meine Sporen wieder an, schnappte meine Peitsche und stieg aus.

Schön war es hier. Gut Frieding lag idyllisch inmitten hügeliger Wiesen und Felder, ich kam mir vor wie auf einem Kurzurlaub. Da ich vor lauter Ungeduld eher weggefahren und nun eine Viertelstunde zu früh dran war, machte ich mich auf eine kurze Entdeckungsreise und sah mich überall um. Es gab zwei Reithallen, eine kleine quadratische, deren Frontseite offen war, und eine große rechteckige. Die Schiebetür der großen Halle war zwar geschlossen, aber ich hörte jugendliche Stimmen und schnaubende Pferde dahinter. Die kleine Reithalle war leer. Den gepflegten Hof vor der großen Reithalle schmückten Terrakottatöpfe mit bunten Geranien, an der angrenzenden linken Seite standen zwei Wohnhäuser.

Ich ging weiter und kam an mehreren Scheunen mit Heu und Stroh vorbei, bis ich endlich vor dem Stall stand. Neugierig wagte ich mich hinein und betrachtete erschrocken das erste Pferd aus der Nähe. Seit wann waren Reitpferde so groß? Die Tiere auf dem Freisinger Volksfest waren jedenfalls immer kleiner, da war ich mir sicher. Die meisten Pferde standen ruhig in ihren Boxen und schienen ein Nickerchen im Stehen zu machen. Die Schwüle setzte einem Lebewesen mit Fell natürlich doppelt zu. Interessiert las ich die Namen der Pferdebesitzer, die auf Tafeln an der jeweiligen Boxtür geschrieben standen. Sieh an, sieh an, man mochte nicht glauben, wer alles ein Pferd besaß, sogar die geschiedene Frau meines Steuerberaters hatte ein schwarzes Ross hier einquartiert. Wenn die das schaffte, konnte Reiten nicht so schwer sein, beruhigte ich mich selbst.

Die Stallgasse machte eine Kurve und führte in einen weiteren Stall, der wohl an das erste Stallgebäude angebaut worden war. Die Boxen erschienen etwas größer und moderner. Auch hier standen die Pferde träge herum, manche Boxen waren leer. Nanu, wen hatten wir denn da? Auf der schwarzen Tafel war »Petra Nagel« und darunter »Saba« zu lesen. Das musste also das arme Tier sein, das jetzt kein Frauchen mehr hatte. Die Stute beäugte mich neugierig und neigte den Kopf etwas schief. Wenn sie wirklich so sensibel war, wie Petra ständig betont hatte, würde sie wahrscheinlich sehr darunter leiden, dass sich Petra auf einmal nicht mehr blicken ließ. Saba drückte ihre Pferdenase durch die Gitterstäbe und ließ sich von mir das glatte dunkelbraune Fell zwischen Augen und Nüstern kraulen. Sie war etwas zierlicher gebaut als die meisten Pferde, die in den anderen Boxen standen. Das arme Tier, dachte ich voll Mitleid, bestimmt brauchte es etwas Ansprache und Zuwendung.

Kurzerhand schob ich den Riegel an der Box zurück und öffnete die Holztür. Saba drehte ihren Kopf zu mir und blickte mich wie versteinert an. Damit hatte sie wohl nicht gerechnet, dass ich sogar in ihre Box kommen würde, um sie zu streicheln. Ich machte zwei Schritte nach vorn auf sie zu, da rastete sie mit einem Mal aus. Laut wiehernd sprang sie mit den Vorderhufen hoch und schlug springend nach vorne und hinten aus, wie ich es nur von Fernsehbildern mit BSE-Kühen kannte. Ich hatte von der einen auf die andere Sekunde solche Todesangst, dass ich nicht einmal mehr schreien konnte. Schützend hielt ich beide Arme vor das Gesicht und drückte mich mit dem Rücken an die Wand. Mein linker Arm hatte einen

Hufschlag abbekommen, aber ich spürte vor lauter Panik keinen Schmerz. Unbewusst hatte ich mich in die hinterste Boxenecke geflüchtet, was so ziemlich das Dümmste war, was ich hätte tun können. Dieses dunkelbraune Ungeheuer würde mich bestimmt zu Tode trampeln, wenn nicht sofort ein Wunder geschähe. Das Wunder kam in Gestalt eines dreckigen, ungepflegten Mannes mit einer Mistgabel in der Hand in die Box geschossen und brüllte mich an: »Raus, Frau, raus!« Saba ließ sich von der wild nach ihr stochernden Mistgabel einschüchtern, sodass ich mit weichen Knien an dem Mann vorbeistolpern und aus der Box flüchten konnte. Mein Retter stürzte hinterher und schob mit lautem Krachen den Riegel der Box vor.

»Du wahnsinnig, Frau?«, schrie er mich an. »Was du machen in Box von Saba?«

Die Luft, die aus seiner Kehle kam, hatte einen Alkoholgehalt, der mich fast umhaute. Das unrasierte Gesicht, die lückenhaften Zähne und die schmutzige, teils löchrige Kleidung hätten mich unter normalen Umständen einen weiten Bogen um den Kerl machen lassen, aber jetzt war er zu meinem Retter in der Not geworden.

»Danke«, stammelte ich noch ganz benommen, »vielen Dank.«

»Was ist denn hier los?«, hörte ich eine Frauenstimme rufen, die mir bekannt vorkam. Frau Kirschbaum bog aufgeregt um die Ecke und sah irritiert auf mich und dann auf meinen Retter.

»Was war das für ein Getrampel, Marek?«, stellte sie den Mann erneut zur Rede.

»Die Frau bei Saba, ich rausholen.«

Frau Kirschbaum fiel die Kinnlade nach unten, als sie den Grund für den Aufruhr erfuhr.

»Sind Sie von allen guten Geistern verlassen, Frau Kuckuck?«, schimpfte sie aufgebracht. »Das hätte böse für Sie enden können.«

Ich hielt es für besser, darauf nichts zu antworten.

Frau Kirschbaum öffnete die Box des Ungeheuers und ging vorsichtig auf Saba zu, die immer noch aufgeregt schnaubte und nervös hin und her lief. Ich konnte kaum glauben, was ich dann sah. Saba rieb ihren Kopf an den Beinen von Frau Kirschbaum, während die Tierärztin »Alles in Ordnung, ganz ruhig« murmelte und Saba dabei sanft auf den Hals klopfte.

Dieses Pferd war eindeutig schizophren. Jetzt wurde mir klar, weshalb Petra ständig den Rat von Felix benötigte.

»Sebastian wartet vorne im Reiterstüberl auf Sie, Frau Kuckuck.« Frau Kirschbaum schien sich ebenfalls wieder beruhigt zu haben.

Ohne ein Wort drehte ich mich um und sah zu, dass ich aus dem Stall rauskam. Endlich an der frischen Luft atmete ich erst einmal tief durch. Auf meinem linken Unterarm pochte ein tiefroter Hufabdruck, der sich langsam ins Blaue verfärbte. Heiliger Strohsack, das ging ja gut los. Ich marschierte zurück zum großen Hof und fragte eine junge Reiterin, die mir entgegenkam, wo das Reiterstüberl sei.

»Dort geht's rein«, entgegnete sie freundlich und zeigte mit dem Finger auf das weiß getünchte, längliche Gebäude zwischen den beiden Reithallen.

Der kleine Flur in dem Haus war fensterlos und dunkel, aber gleich hinter der ersten Tür hörte ich jemanden sprechen. Ich klopfte auf gut Glück, bis eine männliche Stimme »Herein« rief.

»Da hat jemand noch Anstand und klopft an«, bemerkte ein Mann mit Schnauzbart, der im Stehen eine Tasse Kaffee trank.

»Sie müssen Frau Kuckuck sein«, meldete sich daneben ein Mann in Reitkleidung zu Wort und gab mir die Hand, nachdem er seine Kaffeetasse in die linke Hand genommen hatte. Sebastian Frey war ein gut aussehender dunkelhaariger Mann mit stechend blauen Augen. Ich schätzte ihn auf Mitte dreißig, allerdings wirkten Männer mit einer so sportlichen, drahtigen Figur oftmals etwas jünger als sie tatsächlich waren.

»Ein Helm und feste Stiefel hätten fürs Erste gereicht, Frau

Kuckuck, wir wissen ja noch nicht, ob Sie dabeibleiben«, äußerte sich Herr Frey skeptisch, als er meine Profiausrüstung sah. »Und die Sporen können Sie gleich wieder abmontieren, sonst verletzen Sie womöglich das Pferd. Was haben Sie denn da am Arm?«

Natürlich war den Herren der Hufabdruck auf meinem Unterarm sofort aufgefallen.

»Ich habe Saba besucht«, sagte ich kurz und knapp.

»Sind Sie lebensmüde?«, rief Herr Frey entsetzt. »Saba lässt nur Petra und Eva an sich ran, bei anderen Leuten wird sie zum Monster.«

»Jetzt weiß ich es auch«, meinte ich trocken.

»Merken Sie sich eines, Frau Kuckuck, gehen Sie niemals in eine Box zu einem unbekannten Pferd, haben Sie mich verstanden?«

Die Stimme des Reitlehrers klang gar nicht mehr so nett wie heute Morgen am Telefon. Natürlich hatte ich eine Rüge verdient, schließlich war mein Verhalten wirklich dumm und leichtsinnig gewesen. Einen fremden Hund würde ich ja auch nicht einfach streicheln.

»Also dann, Sepp, Weidmannsheil!«, verabschiedete sich Herr Frey von dem Herrn mit Schnauzbart und öffnete die Tür des Reiterstüberls. »Und wir zwei Hübschen suchen uns jetzt ein liebes Pferdchen mit einem ausgeglichenen Charakter, nicht wahr, Frau Kuckuck?«

Da war er wieder, der Charme des Reitlehrers, den mir Petra bereits beschrieben hatte und der am Telefon kurz durchgeblitzt war.

Während wir nebeneinander in Richtung Stall gingen, kam uns Frau Kirschbaum mit einem weißen Pferd entgegen, das sie am Zügel führte.

»Wollt ihr nicht Justin nehmen, Sebastian? Ich wäre froh, wenn er etwas Bewegung hätte, ich komme kaum noch hinterher«, wandte sie sich an Herrn Frey.

»Okay, Eva, der passt auch gut zu Frau Kuckuck«, antwortete Herr Frey nickend.

»Wer ist Justin?«, wollte ich wissen, als wir den Stall betraten.

»Justin ist das Pferd von Felix Kirschbaum. Er ist bereits etwas älter und entsprechend träge und langsam. Genau das Richtige für blutige Anfänger wie Sie.«

Nach der Begegnung mit Saba klang diese Beschreibung überaus beruhigend in meinen Ohren. Obwohl ich schon ein merkwürdiges Gefühl dabei hatte, dass ich ausgerechnet auf Felix' Pferd meine erste Reitstunde haben sollte.

Herr Frey führte den grauweißen Justin an einem Halfter aus der Box und band ihn vor dem Stall an einem Haken fest. Er gab mir einen Striegel und eine sogenannte Kardätsche in die Hand und zeigte mir, wie ich das Pferd putzen musste. Anschließend holten wir Justins Trense und seinen Sattel aus der Sattelkammer und zäumten das Pferd gemeinsam auf. Ob ich das jemals allein schaffen würde? Justin schien während der ganzen Prozedur überhaupt keine Notiz von mir zu nehmen, ein wenig mehr Interesse an meiner Person hätte ich schon erwartet. Es schien ihm völlig egal zu sein, wer gleich auf seinem Rücken Platz nehmen würde, wahrscheinlich hatte er noch nicht einmal meine Sporen bemerkt. Herr Frey übergab mir die Zügel, und ich führte Justin in die kleine Reithalle.

9.

»Jetzt aber runter mit den Sporen, Frau Kuckuck, und die Peitsche brauchen Sie auch nicht«, teilte mir Herr Frey vor dem Aufsitzen mit. Schade, ich dachte schon, er hätte es vergessen.

Herr Frey befestigte eine lange Leine an Justins Trense und forderte mich auf, den linken Fuß in den Steigbügel zu schieben.

»Na, dann holen Sie den Steigbügel doch herunter«, verlangte ich logischerweise, weil das silberne Ding etwa in Nabelhöhe vor mir baumelte.

»Mehr Löcher hat der Riemen nicht, Sie schaffen das schon«, meinte Herr Frey optimistisch.

Mit Ach und Krach hievte ich mein Bein nach oben und schob die Stiefelspitze gerade noch so weit in den Steigbügel, dass der Fuß dort hängen blieb.

»Na also, und jetzt halten Sie sich mit den Händen am Sattel fest und steigen mit Schwung auf, ich helfe Ihnen natürlich.« Herr Frey war immer noch optimistisch.

Das mit dem Festhalten war kein Problem, aber den Schwung hatte ich nicht richtig raus. Ich hing wie ein nasser Mehlsack am Sattel und streckte das rechte Bein aus, während Herr Frey versuchte, meinen tief hängenden Allerwertesten nach oben zu stemmen.

»So geht das nicht, Frau Kuckuck, ein bisschen mithelfen müssen Sie schon«, ächzte er unter meinem Gewicht. »Setzen Sie das rechte Bein wieder ab, und dann probieren wir es noch mal. So, auf geht's«, feuerte er mich an. Ich schleuderte mit aller Macht mein rechtes Bein nach oben, aber mein Hintern flog einfach nicht mit.

»Frau Kuckuck, Sie müssen mehr federn, bevor Sie sich abstoßen«, empfahl Herr Frey bereits weniger optimistisch.

»Wenn ich rechts federe, bekomme ich links einen Krampf«, war ich mir sicher. Immerhin hing mein linkes Bein seit geraumer Zeit in schwindelerregender Höhe im Steigbügel fest.

»Das gibt's doch nicht, ich habe noch jeden Schüler aufs Pferd gebracht«, machte sich Herr Frey selbst Mut. »Am besten nehmen Sie den linken Fuß wieder aus dem Steigbügel, und wir probieren das Ganze nach einer kurzen Verschnaufpause von vorne.«

»Der linke Fuß bleibt oben«, machte ich von meinem Mitspracherecht Gebrauch. Bin ich blöd und schleppe mein linkes Bein noch mal so weit rauf?

Herr Frey wischte sich mit der flachen Hand den Schweiß von der Stirn, Justin meditierte.

»Jetzt schaffen wir es aber, Frau Kuckuck, und zwar mit voller Konzentration«, versuchte mich Herr Frey erneut positiv einzustimmen, während er mit offenen Armen bereitstand, mir einen Schubs zu geben.

Nach wie vor motiviert schleuderte ich meine rechte Körperhälfte nach oben und touchierte mit dem rechten Knie unsanft das Kinn meines Reitlehrers.

So, jetzt hatte er keine Lust mehr. Mit schmerzverzerrtem Gesicht hielt er sich das Kinn und wirkte ziemlich ratlos.

»Ich brauche eine Leiter«, schlug ich vor.

»Kommen Sie mit«, gab Herr Frey stöhnend nach und führte Justin zu den Strohballen, die in einer Ecke der Reithalle gelagert waren. Ich kletterte auf den ersten Ballen und konnte mich aus dieser Höhe bequem auf dem Pferderücken niederlassen. Na also, warum denn nicht gleich?

Ach, war das herrlich! Herr Frey ließ Justin an der langen Leine, die Longe hieß, in einem großen Kreis um sich herummarschieren. Ich hielt mich vorne am Sattel fest und wiegte mich in den sanften Bewegungen des Pferdes hin und her. Nebenbei genoss ich natürlich die gute Aussicht von dort oben. Herr Frey war merkwürdig still. Gelegentlich forderte er mich auf, den rechten oder den linken Arm auszustrecken und meine Fußspitzen nach innen zu drehen. Bestimmt wurmte es ihn, dass er mich nicht auf natürlichem Weg aufs Pferd gebracht hatte.

»Was wird denn nun nach Felix' Tod mit Justin passieren?«, wollte ich wissen.

»Keine Ahnung, was Eva mit ihm vorhat. Im Moment, wo sie sich gleich um drei Pferde kümmern muss, ist es wirklich etwas viel für sie. Manchmal mutet sie sich einfach zu viel zu, aber sie hat eben ein großes Herz und kann nicht Nein sagen.«

Es war schon bizarr, dass sich Eva Kirschbaum um das verrückte Pferd der mutmaßlichen Mörderin ihres Manns kümmerte. War Petra wirklich dreist genug, Frau Kirschbaum zu bitten, sich um Saba zu kümmern, wenn sie gleichzeitig die Absicht hatte, deren Mann zu erschießen und nicht mehr zurückzukommen? Wieder ein Punkt, der mir mehr als suspekt war.

»Eva ist eine Pferdeflüsterin, wenn Sie wissen, was ich meine. Ich kenne niemanden, der so gut mit Pferden umgehen kann wie sie«, schwärmte Sebastian Frey. »Aufrecht sitzen und die Fersen tief«, korrigierte er mich.

»Mochten Sie Petra Nagel?«, fragte ich beiläufig.

»Wieso mochten? Sie tun ja so, als ob sie aus ihrem Urlaub nicht mehr zurückkommen würde«, entgegnete er verwirrt. Offenbar wusste er noch nichts von dem Geständnis.

»Wer weiß, vielleicht lernt sie ja einen netten Chinesen kennen und bleibt in China?«, spekulierte ich frech.

»Niemals, außer sie könnte Saba nach China einfliegen lassen. Ihr Pferd ist ihr Heiligtum, das würde sie um nichts in der Welt verlassen«, war sich Herr Frey sicher.

Mein Magen zog sich erneut zusammen. Petra konnte dieses ominöse Geständnis nicht abgelegt haben, Iris Nagel musste gelogen haben. Womöglich hatten der Tod von Felix und das Verschwinden von Petra gar nichts miteinander zu tun? Vielleicht hatte Iris ihre Schwester umgebracht, um deren Geschäft übernehmen zu können, und der Mordfall Felix Kirschbaum kam ihr einfach gelegen, weil sie die Geschichte mit dem Geständnis und der Flucht daraus basteln konnte.

»Frau Kuckuck, Sie sind nicht bei der Sache«, rüffelte mich Herr Frey. »Macht es Ihnen wenigstens Spaß?«

»Und wie. Es ist wunderbar. Ab wann darf ich denn meine Sporen anziehen, Herr Frey?«

»Vor uns liegt noch viel Arbeit, Frau Kuckuck«, stöhnte er anstelle einer Antwort, bevor er einige weitere Runden an meiner Haltung herummäkelte und die Reitstunde schließlich für beendet erklärte.

Nachdem wir gemeinsam das Pferd versorgt hatten, ließ ich mir gleich für Montag einen Termin für die nächste Reitstunde geben. Wenn man mal vom Aufstieg absah, war ich doch eigentlich nicht unbegabt. Glücklich und zufrieden eierte ich mit gefühlten O-Beinen zu meinem Auto. Während ich mit Mühe meinen Autoschlüssel aus der engen Hosentasche der Reithose zog, bog Eva Kirschbaum hoch zu Ross um die Ecke. Sie kam vom Ausritt mit ihrem schneeweißen Pferd zurück, steuerte auf mich zu und stieg schwungvoll vom Pferd.

»Na, Frau Kuckuck, wie war die erste Reitstunde?«, erkundigte sie sich. »Hätte nicht besser laufen können«, entgegnete ich selbstbewusst. »Justin und ich haben hervorragend harmoniert, am liebsten würde ich ihn am Montag wieder reiten.«

»Nur zu, er braucht Bewegung, sonst wird er zu dick. Also dann«, wollte sich Frau Kirschbaum wieder verabschieden, aber mir war noch nach einer kleinen Unterhaltung.

»Frau Kirschbaum, wie sind Sie denn mit Iris Nagel zurechtgekommen?«, fragte ich sie direkt.

»Warum?«

»Weil ich, ehrlich gesagt, einen sehr zwiespältigen Eindruck von Petras Schwester habe.«

Eva Kirschbaum fixierte mich mit undurchsichtiger Miene.

»Frau Kuckuck, Kommissar Herrmanns hat mich informiert. Ich nehme an, dass Sie ebenfalls von Petras Geständnis wissen, sonst würden Sie nicht solche Sachen fragen.«

Ich war platt! Frau Kirschbaum wusste von dem Geständnis und kümmerte sich trotzdem um das verrückte Pferd der mutmaßlichen Mörderin ihres Mannes?

»Können Sie sich wirklich vorstellen, dass Petra Felix erschossen hat?«, fragte ich ungläubig.

»Es sieht ja wohl so aus«, kam die kurze Antwort.

»Und weswegen sollte sie ihn umgebracht haben?«, fragte ich weiter.

»Das Motiv liegt im Dunkeln, hat der Kommissar gesagt.«

»Und Sie können sich auch keinen Grund vorstellen?«, hakte ich nochmals nach.

»Nein, und ehrlich gesagt möchte ich darüber gar nicht nachdenken. Dadurch wird Felix auch nicht mehr lebendig.«

Merkwürdig, mich würde es an ihrer Stelle schon interessieren, warum Felix sterben musste.

»Und was passiert jetzt mit Petras Pferd, wenn sie nicht mehr zurückkommt?«, wollte ich wissen.

»Gute Frage! Saba tut mir jedenfalls sehr leid, sie kann ja nichts dafür. Das Schlimme an der Sache ist, dass Saba nur Petra und mich an sich ranlässt. Selbst wenn Petra es wollen würde, könnte man sie also kaum verkaufen. Bevor sie beim Pferdemetzger landet, werde ich sie wohl nehmen.«

Frau Kirschbaum hatte wirklich ein großes Herz, jedenfalls was Pferde anging.

»Und wenn sich Petras Schwester um das Pferd kümmern will?«, lenkte ich das Thema wieder auf Iris Nagel.

»Soll das ein Witz sein? Sie haben doch heute am eigenen Leib erfahren, dass Saba nur Petra und mich duldet.«

»Glauben Sie, dass Iris Nagel die Wahrheit gesagt hat? Ich meine, es könnte doch sein, dass sie das Geständnis nur erfunden hat«, wagte ich mich einen großen Schritt nach vorne.

Eva Kirschbaum war irritiert. »Aber wozu hätte sie das tun sollen?«

»Ich weiß es nicht, Frau Kirschbaum, aber meine Nase sagt mir, dass da etwas nicht stimmt.«

»Also auf mich hat Iris Nagel einen sehr vernünftigen und kompetenten Eindruck gemacht. Ich glaube nicht, dass sie verrückt ist.«

»Das habe ich auch nicht gemeint.« Jetzt musste ich aufpassen, dass ich mich nicht zu weit aus dem Fenster lehnte. »Gibt es denn schon einen Termin für Felix' Beerdigung?«, lenkte ich das Gespräch wieder in eine andere Richtung.

»Wahrscheinlich nächsten Freitag«, informierte mich Frau Kirschbaum. »Jetzt muss ich aber in den Stall, Afra hat Durst«, verabschiedete sie sich, während sie ihrem schwitzenden Pferd den Hals klopfte.

10.

Der Samstagabend in der Weinstube lief sehr ruhig an. Nach einem heftigen Gewitter gegen sechs Uhr zeigte sich der Himmel wolkenlos und lockte viele Freisinger bei angenehmen zweiundzwanzig Grad in die Biergärten. Kurz entschlossen gab ich meinen beiden kellnernden Studenten frei, da ich sicher war, die wenigen Gäste auch mit Andreas allein versorgen zu können.

»Dieser Kommissar Herrmanns stand heute plötzlich vor meiner Haustür und hat mir Löcher in den Bauch gefragt, ob ich den Eindruck hatte, dass Petra Nagel und Felix Kirschbaum ein Liebespaar waren«, erzählte Andreas, während wir gemeinsam Rotweingläser polierten. »Ich habe ihm gesagt, dass ich weder Zeit noch Lust habe, auf so etwas zu achten, aber er wollte das nicht glauben. Er hat mich angeschaut, als würde ich ihm etwas verheimlichen. Meine Herren, soll ich vielleicht darüber Buch führen, wer mit wem wann und wie oft gleichzeitig das Lokal verlässt?«

»Dann bastelt sich der Herrmanns jetzt also eine Art Eifersuchtsdrama als Mordmotiv zusammen«, folgerte ich laut und berichtete Andreas von Petras Geständnis.

»Eigentlich liegt die Vermutung nahe, dass die beiden etwas miteinander hatten, immerhin sind sie fast immer nebeneinander gesessen«, kommentierte Andreas die Theorie des Kommissars.

»Ja, schon, aber ein heimliches Liebespaar unterhält sich doch nicht dauernd laut über Pferde, da zieht man sich eher in eine lauschige Ecke zurück und tauscht geheime Gedanken aus«, war meine Meinung.

»Das ist doch vielleicht der Trick, auf diese Weise schöpft niemand Verdacht«, erklärte Andreas.

Da ging die Tür der Weinstube auf und das Ehepaar Scheffel trat ein. Das traf sich ja gut, vielleicht gab es neue Erkenntnisse im Mordfall Kirschbaum!

»Gibt es etwas Neues?«, fragte ich sofort nach der Begrüßung gespannt, wobei mich Ruth irgendwie nervös ansah.

»Was soll es Neues geben? Zum hunderttausendsten Mal, ich bin nicht mehr im Dienst!«, polterte Theo Scheffel, während er sich auf seinem Lieblingsplatz am Tisch in der hinteren rechten Ecke des Lokals niederließ. Ruth signalisierte mir unterdessen kurz mit dem Zeigefinger auf dem Mund, dass ich irgendetwas nicht sagen sollte.

»Maja, bring uns doch eine Flasche von dem Grünen Veltliner, den wir neulich hatten, und dann setz dich zu uns«, forderte mich Theo Scheffel überraschend auf. Er suchte offensichtlich das Gespräch mit mir.

Kurze Zeit später servierte ich den Wein und stieß mit den beiden an.

»Na, was wird denn so spekuliert über den toten Chorsänger?«, fragte Theo unvermittelt und fügte rasch hinzu: »Das interessiert mich natürlich nur rein privat.«

»Natürlich, Theo, mich interessiert es ja auch nur am Rande. Viel habe ich bisher auch nicht gehört, höchstens, dass vielleicht einige Bauern Grund hatten, ihn wegen so einer Zungenimpfung zu hassen, und dass mehrere Jogger Probleme mit seinem Kampfhund hatten.«

»Ja, ja, das übliche Gemauschel. Und sonst?« Theo zog hellwach die Augenbrauen nach oben.

»Soll ich dir wirklich sagen, was ich denke?« Ich fühlte mich äußerst geschmeichelt, dass Theo jetzt, wo er im Ruhestand war, auf einmal meine Theorie hören wollte. »Na schön«, fuhr ich fort. »Petra kann den Mord an Felix nicht gestanden haben, weil sie vorher von ihrer Schwester umgebracht wurde.«

Theo Scheffel verschluckte sich so heftig, dass er laut in sein Taschentuch husten musste, während Ruth mir gleichzeitig mehrere Fußtritte unter dem Tisch verabreichte.

»Woher wissen Sie, ich meine du, dass Petra Nagel ein Geständnis abgelegt hat?«, schimpfte er mit mühsam unterdrückter Wut. Ruth donnerte ihren Stöckelschuh gegen mein Schienbein, dass ich vor Schmerzen fast aufschrie.

»Von meiner Reiterkollegin Eva Kirschbaum«, sagte ich schnell. Ruth atmete laut und entspannt aus, während ich mir das Schienbein rieb.

»Wie? Also jetzt noch mal von vorne«, bat Theo verwirrt.

Ich erzählte Theo und Ruth der Reihe nach, wie ich zu dieser schrecklichen Annahme gekommen war. Dass Lilli den Verdacht gegen Iris Nagel einfach so dahingesagt hatte und dass plötzlich eins aufs andere passte. Ich berichtete den beiden, wie emotionslos sich Iris zur Tat ihrer Schwester geäußert hatte, und dass Iris absolut sicher war, dass Petra nie wieder zurückkommen würde. Außerdem fand ich es merkwürdig, dass Iris offenbar nur darauf gewartet hatte, Petras Geschäft zu übernehmen. Natürlich gab ich auch die Aussage von Herrn Frey wieder, wonach Petra niemals ihr geliebtes Pferd im Stich lassen würde.

»Stopp, stopp, stopp, Maja, so geht das nicht«, unterbrach mich Theo, »das sind doch alles an den Haaren herbeigezogene Argumente! Für deine Spekulationen gibt es null Komma null Beweise, das ist der reinste Rufmord, was du da betreibst!«

»Aber für das Geständnis von Petra gibt es ja auch keine Beweise«, mischte sich Ruth ein, »und der Toni hat doch gesagt, dass Petra den gebuchten Flug nicht angetreten hat.«

»Ruth!«, fuhr Theo seine Frau an, »was fällt dir ein? Wenn das rauskommt, dass du deinen Mund wieder nicht gehalten hast, wird sich der Toni schön bei mir bedanken.«

Ruth blickte beleidigt zu Boden. Was sie jedoch soeben ausgeplaudert hatte, untermauerte meinen Verdacht erst recht!

»Sie kann genauso gut mit dem Zug geflüchtet sein oder per Anhalter«, knurrte Theo. »Außerdem hat sie der Polizei am Tatabend verschwiegen, dass sie vorhatte, das Land zu verlassen. Verdammt, das hätte ich jetzt nicht sagen sollen«, ärgerte sich Theo laut über sich selbst. Ruth goss ihrem Mann grinsend vom Wein nach.

»Also, ich hätte das an Petras Stelle auch verschwiegen, womöglich hätte sie die ganze Reise abblasen müssen«, gab Ruth ihren Senf dazu.

»Ach, bin ich froh, dass ich im Ruhestand bin«, stöhnte Theo, trotzdem arbeiteten seine Gehirnzellen beinahe sichtbar in der Sache weiter.

»Man müsste wissen, was Iris Nagel früher gemacht hat«, sinnierte ich laut vor mich hin. »Ich könnte ja Petras Eltern ausfindig machen und ein paar Informationen einholen.«

»Untersteh dich, Maja«, herrschte mich Theo an. »Du hast immer noch nicht kapiert, dass das Aufklären von Mordfällen die Aufgabe der Polizei ist.«

»Petra hat mir mal erzählt, dass ihre Eltern ein kleines Häuschen in der Türkei gekauft haben und dass sie dort ihren Lebensabend verbringen«, wandte Ruth ein. »Es würde also ohnehin schwierig sein, die Nagel-Eltern zu finden.«

Gut, sollte das doch der Herrmanns machen. Mir war gerade etwas ganz anderes eingefallen. »Theo, ich habe eine Idee«, fing ich an. »Ich werde am Montag zu Iris in den Laden gehen und mich über das Pferd ihrer Schwester beschweren, und du kommst mit und machst dir selber ein Bild von der Frau.«

»Bist du wahnsinnig, Maja?«, brüllte Theo, sodass sich die wenigen Gäste in der Weinstube nach ihm umdrehten.

»Warum denn? Sie kennt dich doch nicht, und ich stelle dich einfach als meinen Cousin vor«, erklärte ich ihm.

»Maja, ich sage dir jetzt ein für alle Mal klipp und klar, dass ich mich niemals in die Arbeit meines Nachfolgers einmischen werde, verstanden? Das ist absolut tabu.« Theo Scheffels Gesicht nahm wieder die hochrote Farbe an, die mir noch aus seiner Dienstzeit vertraut war.

»Aber ich könnte doch mit Maja gehen«, war Ruth sofort Feuer und Flamme.

»Du wirst zu Hause bleiben, wo ich dich höchstpersönlich den ganzen Tag observieren werde«, stellte Theo unmissverständlich klar. »Ihr bringt mich noch ins Grab.« Er nahm drei kräftige Schlucke von seinem Wein und sprach dann etwas ruhiger. »Kommissar Herrmanns wird in alle Richtungen ermitteln, da könnt ihr sicher sein, er ist schließlich kein Anfänger.«

»Und wenn er den Fall bald abschließt, weil er glaubt, dass es so war, wie Iris Nagel erzählt hat?«

»Dann wird es eben so gewesen sein!«, rief Theo genervt und schlug mit der Faust auf den Tisch.

»Selbstverständlich«, warf ich beschwichtigend ein, allerdings kannte ich Theo Scheffel gut genug, um zu erkennen, dass ihn meine These beschäftigte.

»Ah, mein Namensvetter ist auch da!«, tönte plötzlich eine weibliche Stimme hinter uns.

»Hallo, Thea«, begrüßte Ruth unsere Kollegin aus dem Alt, die sich sofort ungefragt an unserem Tisch niederließ und mit der Tür ins Haus fiel. »Wisst ihr irgendwas über dieses angebliche Geständnis oder ist das eine Zeitungsente?«

»Das ist keine Zeitungsente, Petra soll bei ihrer Schwester angerufen und den Mord gestanden haben«, klärte ich sie zum Missfallen von Theo auf.

Unser ansonsten sehr redseliges Chormitglied Thea starrte mich sprachlos an.

»Aber, ich meine, wieso sagt sie so was?«, stammelte sie nach einer Weile.

»Du glaubst also nicht, dass Petra Felix erschossen hat?«, hakte ich nach.

»Wenn sie es gestanden hat, wird wohl was dran sein«, erwiderte sie in eigenartigem Tonfall. Ihr kam die Sache aber bestimmt ebenfalls spanisch vor.

Ich fragte Thea, was sie trinken wollte, und stand auf, um Andreas zur Hand zu gehen. Eine größere Runde laut lachender Damen hatte sich soeben in der Weinstube eingefunden, ich konnte nicht ewig bei Scheffels und Thea sitzen bleiben. Jedenfalls war ich froh, dass ich Theo Scheffel von meinem Verdacht erzählt hatte, die Geschichte würde ab sofort auch ihm keine Ruhe mehr lassen.

11.

»Maja, schläfst du?«, plärrte mein Schwiegersohn am Sonntagmorgen in den Telefonhörer, den ich im Halbschlaf an mein Ohr hielt.

»Jetzt nicht mehr«, knurrte ich sauer. Der Wecker würde erst in einer Stunde läuten, was fiel meinem werten Schwiegersohn eigentlich ein, mich so früh aus dem Bett zu klingeln?

»Maja, bist du die einzige künstliche Mensch in die Familie!«, brüllte er weiter.

Was war denn das für ein zweifelhaftes Kompliment? Oder handelte es sich um einen Vorwurf? Ich verstand überhaupt nichts.

»Macht meine Kompagnon in die Praxis eine Ausstellung mit Bilder zu verkaufen für die Opfer von die Erdbeben, und malt seine Frau und seine Bruder und sogar die Oma von seine Frau ganz viele Bilder. Ist die ganze Familie künstlich. Und wer ist die einzige künstliche Mitglied von unsere Familie? Du!«, schrie er mich an.

Ich kam mir vor, als hätte ich etwas verbrochen. In der Tat hatte meine Tochter in der Schule im Fach Kunst immer eine Vier minus gehabt, aber daran waren mit Sicherheit die Gene ihres Erzeugers schuld. Meine beiden Enkelkinder neigten ebenfalls eher zu sportlichen als zu künstlerischen Betätigungen, das wiederum war bestimmt auf das Erbgut von Salvatore höchstpersönlich zurückzuführen.

»Mal doch selber irgendwas, bevor du dich über Violas mangelndes Talent aufregst«, schlug ich vor.

»Eh, Maja, bin ich eine richtige Mann. Habe ich null Bock auf solche Sachen, schaue ich lieber Fußball.«

»Dann trägst du eben nichts zur Ausstellung bei, wo ist das Problem?«

»Maja, verstehst du nicht, es geht um Ehre von die Familie.

Mache ich dir folgende Vorschlag: Du malst mit die neue Gestell von deine Geburtstagsgeschenk ein paar Bilder, und dann du schickst die Bilder in eine Rolle mit die Einschreiben zu meine Praxis. Aber am wenigstens drei, das bist du die Familie schuldig.«

»Und was soll da drauf sein?«, erkundigte ich mich sicherheitshalber.

»Kannst du machen, was du willst. Aber keine Selbstporträt. Hast du verstanden, auf keine Fall eine Selbstporträt.«

»Wenn es um einen guten Zweck geht, werde ich dich natürlich nicht im Stich lassen«, sagte ich ihm meine Mithilfe zu.

Ich verabschiedete mich von Salvatore und versprach ihm, die Bilder Ende der kommenden Woche zur Post zu bringen.

Nachdem ich nun schon mal wach war, stand ich auf, frühstückte und packte endlich die nigelnagelneue Staffelei aus. Ich stellte den weißen Malblock auf die Ablageschiene und richtete die Aquarellfarben und Pinsel her, die mir Doris zum Geburtstag geschenkt hatte. Sie hatte vorgeschlagen, dass ich bei ihrem Sohn Francesco erst ein paar Tipps einholen sollte, bevor ich selbst mit dem Malen beginnen würde. Nichts gegen Francescos Bilder, er war wirklich ein begnadeter Kunstmaler, aber ich war der Meinung, jeder musste seinen eigenen Stil finden. Schließlich stand alles bereit, damit ich nach der Messe zum ersten Mal seit meiner Schulzeit den Pinsel schwingen konnte. Die Idee von Salvatores Kompagnon fand ich gar nicht schlecht. Ich könnte ebenfalls meine eigenen Bilder in der Weinstube aufhängen und für einen guten Zweck versteigern. Das wäre doch mit Sicherheit einen großen Zeitungsbericht wert.

Voller Tatendrang packte ich das Verpackungsmaterial aus Pappe zusammen, holte noch den Biomüll aus der Küche und stapfte hinunter in den Hof, um meinen Abfall zu entsorgen. Die Papiertonne war fast voll, Gott sei Dank würde sie bald geleert werden. Mit schwingendem Biomüllkübel ging ich zur neuen Biotonne vor, die ich gestern bekommen hatte, und öffnete den Deckel. Was lag denn da unten in der Tonne drin? Ich stellte den Kübel ab und kippte die Tonne leicht schräg, damit die Sonnenstrahlen hineinleuchten konnten. Ach du Schreck, schon wieder eine Leiche! Ein toter Vogel lag auf dem glänzenden Plastikboden, an seinem Bauch war Blut. Merkwürdig, wer hatte das arme Tier denn dort hineingeschmissen? Die Katze meiner Nachbarin legte mir gelegentlich einen toten Vogel oder eine tote Maus vor die Haustür. Als ich mich einmal deswegen bei der Nachbarin beschwerte, klärte sie mich auf, dass dies bei Katzen eine Art Liebesbeweis darstellte. Was sollte man darauf sagen? Für gewöhnlich lud ich die Liebesbeweise auf eine Schaufel und warf sie in die Biotonne, aber diesen Vogel hatte ich nicht hineingeworfen. Außerdem sah er irgendwie anders aus als die bevorzugte Vogelart meiner Nachbarskatze. Ich hielt die Tonne noch einmal schräg und erstarrte. Es war ein Kuckuck. Jemand hatte einen toten Kuckuck in meine Biotonne geworfen! Das war wahrlich ein makaberer Scherz. Oder wollte mir jemand Angst einjagen? Ich kippte meinen Abfall auf den toten Vogel und ging mit einem mulmigen Gefühl zurück in meine Wohnung. Ach was, bestimmt hatte einer meiner Mitarbeiter oder ein rauchender Gast den toten Vogel liegen sehen und mir die Arbeit abgenommen, beruhigte ich mich selbst und machte mich auf den Weg zur Messe. Trotzdem, seltsam war es schon.

Vor lauter Mal-Enthusiasmus und totem Vogel hatte ich doch glatt vergessen, mich einzusingen. Was soll's, würde ich eben beim ersten Gemeindelied meine Stimmbänder in Fahrt bringen. Herr Thurgau würde sein Bestes an der Orgel geben und wieder mal nichts merken.

Nach einem kurzen Fußmarsch zur Kirche St. Peter und Paul traf ich auf der Wendeltreppe zur Chorempore Lilli, die die vorbeiziehenden Chormitglieder über das angebliche Geständnis von Petra informierte.

»Jetzt wissen es fast alle«, teilte sie mir mit, »und keiner glaubt es. Nur Thea hat gesagt, dass es für beinahe jeden Menschen irgendwann einmal im Laufe seines Lebens einen Grund gibt, jemanden umzubringen.«

»Das mag schon sein, aber ob man es dann tatsächlich macht, ist eine andere Frage.«

Die Ministranten klingelten, und Herr Thurgau begann mit dem Einspiel.

»Jetzt aber schnell«, rief Lilli; im selben Moment kam unser Chormitglied Johannes um die Ecke nach oben geeilt. Er war schneeweiß im Gesicht und sah gar nicht gut aus.

»Johannes, was ist denn mit dir los, du siehst ja schrecklich aus«, empfing ich ihn auf unserem Treppenabsatz.

»Ja, mir ist ganz schlecht. Ich glaube, ich habe mich bei meiner Tochter mit einem Magen-Darm-Virus angesteckt.«

Sofort hüpfte ich zwei Stufen nach oben, um mir nicht ebenfalls diesen Virus einzufangen.

»Ich habe gedacht, dass ich wenigstens bis zum Zwischengesang durchhalte«, jammerte er, »aber mir geht's gar nicht gut.«

Johannes war vor einigen Jahren von unserem Chorleiter Herrn Thurgau sozusagen in den kirchenmusikalischen Adelsstand erhoben worden und durfte jeden Sonntag den Vorsänger beim Zwischengesang geben.

»Wenn du glaubst, dass es nicht geht, werde ich den Zwischengesang für dich übernehmen«, bot ich ihm verschwörerisch an.

»Aber Herr Thurgau ...«, begann er unsicher, bevor er sich die Hand vor den Mund hielt.

»Herr Thurgau wird froh sein, wenn wir die Sache bereits geregelt haben«, versicherte ich ihm. Das war meine Chance. Wie lange hatte ich davon geträumt, dass Herr Thurgau auch mir einmal diese Ehre zuteil werden ließ! Aber aus irgendeinem Grund lehnte er meine Anfragen immer ab.

Als wir auf der Empore ankamen, spielte Herr Thurgau bereits das Nachspiel des Eingangsliedes. Er blitzte uns von der Orgel aus böse an, weil wir zu spät waren. Eilig suchte ich meinen Platz auf und kramte die Noten der Missa Aureatina aus meiner Handtasche. Drei Minuten später stand Herr Thurgau vor uns und gab dem Sopran den Einsatz zum Kyrie, der Alt folgte nach zwei Schlägen. Oje, ein paar Töne zum Einsingen wären doch nicht verkehrt gewesen, gleich während des ersten Kyries musste ich mehrmals absetzen, weil meine Stimme nur bedrohliche Geröllgeräusche von sich gab. Aus gutem Grund vermied ich es, Herrn Thurgau bei seinem Dirigat zuzusehen, ich wusste auch so, dass er wutentbrannt in meine Ecke stocherte. In der zweiten Zeile lief es schon besser, und in der dritten wagte ich gleich einmal einen Test in punkto Lautstärke. Wunderbar, mein Tremolo hatte inzwischen ebenfalls die richtige Schwingung erreicht, ich war in Topform!

»Piano«, zischte Herr Thurgau mehrmals verzweifelt in meine Richtung, aber ich tat so, als hätte ich nichts gehört.

Als der Schlussakkord des Kyrie verklungen war, stapfte Herr Thurgau mit hochrotem Kopf auf mich zu und baute sich vor mir auf. »Sie haben alles versaut«, zürnte er. »Wenn Sie mich beim Gloria genauso provozieren, schmeiße ich Sie raus!«

Die schlechte Laune unseres Chorleiters prallte komplett an mir ab, dafür stimmte mich ein kurzer Blick auf den mittlerweile grünweißen Johannes mehr als optimistisch.

Das Gloria nutzte ich noch einmal, um meine heutige Tagesform auszuloten. Was war ich gut bei Stimme. Herr Thurgau tobte, und ich beschloss erneut, den Blick stur auf das Notenblatt zu heften, um mir sein durchgeknalltes Gezappel zu ersparen. Ich wusste auch gar nicht, warum er sich so aufregte, immerhin war doch alles richtig, was ich sang.

Nach dem Amen kam er schwer keuchend zu meinem Platz und drohte: »Das hat ein Nachspiel, Frau Kuckuck, das garantiere ich Ihnen!« Dann verzog er sich völlig fertig auf die Orgelbank.

Du wirst mir in Kürze noch dankbar sein, rief ich ihm im Geiste hinterher. Ich war mir sicher, dass außer mir niemand aus dem Chor unvorbereitet den Mut hatte, beim Zwischengesang einzuspringen. Johannes hielt sich jetzt ein Taschentuch vor den Mund und zog eine Plastiktüte aus seiner Anzugtasche, die er vorsorglich mitgebracht hatte. Ich winkte ihm kurz von meinem Platz aus zu, worauf er mir durch Nicken ein Zeichen gab, dass ich seine Aufgabe übernehmen konnte. Ha, endlich, das war meine Stunde! Ich stand auf und schlich auf Zehenspitzen hinter dem Rücken von Herrn Thurgau zur Wendeltreppe vor, dann stieg ich leise die Stufen hinunter und wartete neben der letzten Bank, bis Herr Thurgau den Zwischengesang einspielte. Es klang wie immer, offenbar hatte er nichts bemerkt.

Selbstbewusst stöckelte ich durch den Mittelgang des Kirchenschiffes und stellte mich ans Pult vor den Altar, wo die Noten bereits aufgeschlagen bereitlagen. Durch die Menge ging ein erstauntes Raunen, alle blickten gebannt in meine Richtung. Herr Thurgau hatte das Einspiel beendet, und ich legte aus vollem Hals los: »Der Heeeeeerr ist mein Hiiiiiiiirteeeee!«, wobei ich mir die künstlerische Freiheit herausnahm, die Töne mit besonders gutem Stimmsitz etwas zu dehnen. Das Mikrofon war nicht optimal auf mein Stimmvolumen eingestellt, die Lautsprecher krachten etwas, aber ich ließ mich davon nicht verunsichern und sang meinen Vers zu Ende. So, nun wäre eigentlich das Volk dran, aber warum sang denn keiner? Natürlich, weil die Orgel nicht einsetzte. Ich blickte nach oben zur Empore und sah einen völlig regungslosen Herrn Thurgau an der Brüstung stehen, der sich mit beiden Händen den Kopf hielt. Offenbar stand er unter Schock, denn er machte keinerlei Anstalten, zur Orgel zurückzukehren und seinen Pflichten nachzukommen. Na schön, dann würde ich das Volk eben selber singen. Um keine Verwirrung aufkommen zu lassen, intonierte ich das Volk jeweils eine Oktave tiefer, damit jedermann erkennen konnte, wer gerade dran war. Als ich schließlich den kompletten Zwischengesang im fliegenden Oktavwechsel erfolgreich hinter mich gebracht hatte, drehte ich mich um und machte eine Kniebeuge. Der Pfarrer starrte mich an, als wäre ich eine Außerirdische, er war wohl sehr beeindruckt. Zufrieden mit meiner Leistung unter den durch Herrn Thurgau unnötig erschwerten Bedingungen, stöckelte ich wieder zurück und stieg die Wendeltreppe nach oben.

Herr Thurgau erwartete mich bereits an der Tür zur Empore.

»Ich dachte, die Stunde des Jüngsten Gerichts wäre herangebrochen«, schäumte er vor Wut. »Sie sind bis auf Weiteres vom Chor suspendiert. Verlassen Sie sofort die Empore!«

»Aber der Johannes ...«

»Gehen Sie!«, unterbrach er mich rigoros, während er gleichzeitig den Arm nach vorne warf und mir mit gestrecktem Zeigefinger den Weg nach unten wies.

Das war also der Dank dafür, wenn man eigeninitiativ eine Notsituation rettete! Ich war so erbost über Herrn Thurgaus Verhalten, dass ich auf dem direktesten Weg die Kirche verließ.

Er hat mich tatsächlich rausgeschmissen, hämmerte es in meinem Kopf, ich fasse es nicht! Seit über vier Jahrzehnten war ich die Stütze des Alts im Neustifter Kirchenchor, und nun so was. Das konnte er doch nicht ernst gemeint haben. Wahrscheinlich würde er heute Abend auf Knien in meine Weinstube rutschen und mich um Verzeihung bitten, aber so nicht. Da durfte er sich schon mehr einfallen lassen, wenn er mich wiederhaben wollte, das Mindeste war ein Solo im diesjährigen Weihnachtskonzert.

Zurück in meiner Wohnung genehmigte ich mir erst einmal einen doppelten Grappa, damit ich wieder klar denken konnte. Dieser Sonntag schien nicht gerade mein Tag zu sein. Zuerst der tote Kuckuck in meiner Biotonne und nun der Rauswurf aus dem Chor. Tief deprimiert rief ich meine Freundin Doris an, in der Hoffnung, dass sie mich aus meinem psychischen Jammertal herausziehen würde.

12.

Doris war bei der neuen Freundin ihres Sohnes zum Mittagessen eingeladen und versprach, anschließend zu mir zu kommen. Mir hatte Herr Thurgau den Appetit auf ein Mittagessen gründlich verdorben, außerdem grübelte ich vor mich hin, wie der tote Kuckuck in meiner Mülltonne gelandet war. Ob mir jemand damit drohen wollte? Maja, du machst dir zu viele Gedanken, sagte ich mir schließlich. Man konnte in alles irgendwas hineininterpretieren, wenn man es darauf anlegte. Um mich wieder Erfreulicherem zuzuwenden, beschloss ich, das erste Bild für Salvatore in Angriff zu nehmen.

Ich stellte mich vor das weiße Blatt und überlegte, was ich eigentlich malen wollte. Natürlich, ich würde ein Pferd malen, wo ich doch jetzt sozusagen der Reitergilde angehörte. Zunächst tauchte ich den Pinsel in verschiedene Grüntöne und strichelte Grashalme an den unteren Bildrand. Na also, das sah doch schon ziemlich gut aus. Fehlte nur noch das Pferd auf der Wiese. Ich entschied mich für ein dunkelbraunes Ross, damit es sich gut vom weißen Untergrund abhob. Der Pinsel glitt übers Papier, dass es nur so flutschte. Da hatte mir Doris wirklich Qualitätsprodukte geschenkt, die Hand führte sich fast wie von selbst. Ich machte einen Schritt zurück und begutachtete mein Werk. Irgendetwas fehlte noch. Ach ja, der Schwanz. Zacki, zacki, schon war das Pferd fertig. Wenn das immer so schnell ging, würde ich Salvatore bis Ende der Woche mindestens zwanzig Bilder schicken können, da würde er sich aber freuen. Ich holte meine Digitalkamera aus der Schublade, fotografierte mein erstes Werk und speicherte es im PC in einem neuen Ordner ab. Man sollte seine eigenen Kunstwerke schon dokumentieren. Da ich sowieso am PC saß, mailte ich meinem Schwiegersohn das Bild, damit er einen ersten Eindruck von meinem persönlichen Stil bekam.

Es klingelte an der Haustür, und endlich traf Doris bei mir ein. Sie warf ihre Handtasche auf das Sofa und ließ sich danebenplumpsen, dann verlangte sie nach einem doppelten Fernet.

»Die Freundin von Francesco ist Vegetarierin und trinkt keinen Alkohol. Es gab Dinkelauflauf mit Mate-Tee. Puhhh, was für eine Kombination«, meinte sie schaudernd. Sie nahm einen ordentlichen Schluck vom Fernet und wandte sich dann mütterlich an mich: »Na, meine Liebe, wo drückt denn der Schuh?«

»Der Thurgau hat mich rausgeschmissen«, sagte ich kurz und knapp.

»Respekt«, meinte Doris nur, »das hätte ich diesem Warmduscher nicht zugetraut. Was steht denn da hinten, hast du etwa schon etwas gemalt?«, fragte sie plötzlich interessiert, als sie die aufgestellte Staffelei sah.

»Gerade eben, schau es dir ruhig an«, forderte ich sie auf.

Doris erhob sich vom Sofa und betrachtete mit süffisantem Grinsen mein Bild. »Was bitte soll das sein, Maja?«, fragte sie glatt.

»Ein Pferd auf einer Wiese, das sieht man doch«, entgegnete ich leicht angesäuert.

»Ein Pferd? Das ist eine Kreuzung aus einer Giraffe und einem Ochsen«, meinte Doris amüsiert. »Die Beine sind viel zu lang und der Kopf ist viel zu groß. Außerdem hat ein Pferd kein Ringelschwänzchen, man möchte nicht glauben, dass du gestern eine Stunde lang geritten bist.«

»Da habe ich in die andere Richtung geschaut«, erklärte ich den Fauxpas mit dem Schwanz, »aber ansonsten ist es doch gar nicht schlecht, oder?«

»Maja, ich habe dir doch gesagt, dass dir Francesco einige Grundlagen zeigen würde, aber du weißt ja alles besser«, gab sie mir als Antwort.

Typisch, jetzt kehrte die Frau Kulturreferentin ihre fachmännische Kompetenz heraus.

»Die Geschmäcker sind eben verschieden«, schoss ich

selbstbewusst zurück. Ich ließ mir von niemandem mein Bild schlechtmachen, auch nicht von Doris.

Wir gingen in die Küche, und ich setzte uns Kaffee auf, dann berichtete ich Doris der Reihe nach vom toten Kuckuck in meiner Biotonne und von den Umständen, die zu meinem Rauswurf aus dem Chor geführt hatten.

»Der Thurgau kriegt sich schon wieder ein, da mach dir mal keine Sorgen. Gibt es eigentlich neue Entwicklungen im Mordfall Kirschbaum?«, lenkte Doris das Thema sogleich in eine andere Richtung.

Ich erzählte ihr von Lillis und meiner These, dass Petra wahrscheinlich von ihrer Schwester umgebracht wurde, und von meinem gestrigen Besuch bei Iris Nagel.

Doris' Miene verfinsterte sich. Als ich geendet hatte, sagte sie mit ernster Stimme: »Maja, der tote Kuckuck macht mir Sorgen. Ich will dir keine Angst einjagen, aber in meinen Augen ist das eine klare Morddrohung.«

»Eine Morddrohung? Aber weshalb sollte mir jemand nach dem Leben trachten?«, fragte ich skeptisch.

»Vielleicht hast du zu viele Fragen im Mordfall Kirschbaum gestellt? Dein Verdacht, dass Petra Nagel von ihrer Schwester ermordet wurde, dürfte zumindest bei Iris Nagel auf wenig Begeisterung stoßen.«

»Aber Iris Nagel weiß doch gar nichts von meiner Vermutung«, hielt ich dagegen.

»Glaubst du im Ernst, dass sie deine misstrauischen Fragen nicht bemerkt hat? So wie du mir gerade das letzte Gespräch zwischen euch beiden geschildert hast, müsste sie echt bescheuert sein, wenn sie nichts geahnt hätte«, meinte Doris.

»Wenn sie ein reines Gewissen gehabt hätte, hätten ihr meine Fragen nichts ausgemacht, aber wenn meine Vermutungen zutreffen, fühlt sie sich natürlich von mir in die Enge getrieben«, setzte ich Doris' Gedankengang fort.

»Maja, ich rate dir, halte dich fern von dieser Frau. Übrigens habe ich sehr interessante Informationen über die Kirschbaums«, kündigte sie an.

»Und was?«, wollte ich gleich wissen.

»Die Eltern von Francescos neuer Freundin wohnen im Haus daneben. Angeblich flogen bei den Kirschbaums häufig ganz schön die Fetzen. Sie haben sich angeschrien und hin und wieder ging bei den Streitereien sogar laut scheppernd etwas zu Bruch. Meistens hat Frau Kirschbaum kurze Zeit später wütend das Haus verlassen und ist erst am nächsten Tag wieder zurückgekommen.«

»Sieh an, sieh an, dann handelte es sich also doch nicht um eine Musterehe. Womöglich hat Eva Kirschbaum ihren eigenen Mann erschossen, und der Mord an Felix und das mysteriöse Verschwinden von Petra sind zwei komplett verschiedene Fälle.«

»Wie auch immer, Maja, es scheint, dass du jemandem in die Quere gekommen bist. Vielleicht solltest du besser die Polizei informieren.«

»Niemals, dann müsste ich ja dem Herrmanns von meinem Verdacht erzählen und dass ich bei Iris Nagel war. Der würde mich wegen Behinderung polizeilicher Ermittlungen prompt einsperren lassen.«

»Blödsinn, Maja! Er müsste aufpassen, dass dir nichts passiert.«

»Genau, und in einer Gefängniszelle wäre ich absolut sicher«, erwiderte ich sarkastisch.

»Du spinnst, aber du musst selbst wissen, was du tust«, meinte sie hilflos.

»Mach dir keine Sorgen, ich werde vorsichtig sein. Vielleicht verplappert sich Iris Nagel ja von alleine.«

»Heißt das, dass du schon wieder zu ihr hinwillst? Maja, das kannst du nicht machen. Die Frau ist nicht blöd.«

»Ich auch nicht. Und ich werde herausfinden, was mit Petra passiert ist, das garantiere ich dir.«

Doris schüttelte verständnislos den Kopf. Dann trank sie ihren Kaffee aus und verabschiedete sich.

13.

Am Montagmorgen durchforstete ich das Freisinger Tagblatt nach neuen Ergebnissen im Mordfall Kirschbaum. Aber Fehlanzeige, Kommissar Herrmanns hatte keine neuen Informationen herausgerückt, die Zeitung hielt sich ebenfalls mit eigenen Spekulationen zurück.

Missmutig räumte ich das Frühstücksgeschirr weg und versuchte mir vorzustellen, wie Herr Thurgau gerade tickte. Obwohl ich fest damit gerechnet hatte, war er gestern Abend nicht mehr in der Weinstube erschienen, um sich zu entschuldigen. Was hatte er damit gemeint, ich sei bis auf Weiteres vom Chor suspendiert? »Bis auf Weiteres« war zwar ein dehnbarer, aber kein endgültiger Begriff, was also sollte das »Weitere« sein? Und was würde ich tun, wenn er entgegen jeden logischen Verstands darauf beharrte, dass ich nicht mehr mitsingen durfte? Falls sich der Thurgau tatsächlich den zweifelhaften Luxus leisten wollte, auf eine Altistin mit absolutem Gehör zu verzichten, würde er seine Quittung spätestens beim nächsten modernen Werk erhalten, dachte ich mit Schadenfreude. Das Dumme war nur, dass all meine Freunde in diesem Chor saßen, sonst könnte ich mir ja jederzeit eine andere musikalische Heimat suchen. Ullrich, Franziska, Lilli und Hans, die gestern Abend extra in die Weinstube gekommen waren, um mir seelischen Beistand zu leisten, standen fast noch mehr unter Schock als ich selbst. Unser Chorsprecher Ullrich hatte sofort nach der Messe ein gutes Wort für mich eingelegt, aber der Thurgau hatte nicht mit sich reden lassen. Windiger Taktstockschwinger! Am liebsten würde ich mir Hannibal ausleihen und in seiner Begleitung Herrn Thurgau einen Besuch abstatten!

Ich schaltete die Geschirrspülmaschine ein und ging in den Flur, um die passenden Riemchensandalen für das hellgrüne

Kostüm, das ich heute trug, zu suchen. Top durchgestylt machte ich mich schließlich auf den Weg zu Iris Nagel, um mit ihr über das verhaltensgestörte Pferd ihrer Schwester zu sprechen.

Wieder stellte ich meinen Wagen auf demselben Parkplatz vor dem Geschäft ab, auf dem ich nun schon das dritte Mal innerhalb weniger Tage stand. Es war kurz nach neun, und der Beratungsraum schien leer zu sein. Ich öffnete die Tür und trat ein. Keine Menschenseele zu sehen, trotzdem hörte ich leises Gemurmel aus einem der hinteren Räume.

Das Geklacker von Absätzen kam näher, und im nächsten Moment stand Iris Nagel im Türrahmen und blickte mich erschrocken an.

»Was führt Sie denn schon wieder her, Frau Kuckuck, haben Sie etwa noch eine Leiche in Ihrer Mülltonne gefunden?«, fragte sie eiskalt.

Ich erstarrte vor Schreck. Hatte sie mir den toten Kuckuck gebracht? Maja, reiß dich zusammen, ermahnte ich mich selbst.

»Frau Nagel, nachdem sich Petra am Telefon um die Zukunft ihrer Firma gekümmert hat, wollte ich wissen, ob sie sich vielleicht auch über die Zukunft ihres Pferdes geäußert hat.«

Iris sah mich verdattert an.

»Wie meinen Sie das?«, fragte sie irritiert.

»Einige Leute sind sich sicher, dass Petra so sehr an Saba hing, dass sie das Pferd niemals zurückgelassen hätte. Finden Sie es nicht merkwürdig, dass ihr das Schicksal ihres geliebten Pferdes plötzlich egal war?«

»Wer sagt denn, dass es ihr egal war?«, antwortete sie sachlich. »Saba geht es sehr gut dort, wo sie jetzt ist. Was sollte Petra mit ihr anfangen, jetzt, wo sie auf der Flucht vor der Polizei ist? Und weswegen interessieren Sie sich eigentlich für Saba, Frau Kuckuck? Wollen Sie sie etwa kaufen?« Iris Nagel grinste niederträchtig.

»Sie wissen so gut wie ich, dass dieses Pferd verrückt ist. Sie sollten ein Schild mit einem Totenkopf und der Aufschrift

›Vorsicht Lebensgefahr‹ an der Box anbringen«, erwiderte ich trocken. »Wie erklären Sie sich, dass Ihnen Petra nicht mitgeteilt hat, wie es mit ihrem geliebten Pferd weitergehen soll? Frau Kirschbaum kann sich doch nicht jahrelang um Saba kümmern, und andere Leute lässt dieses gemeingefährliche Tier bekanntlich nicht an sich heran.«

Iris Nagel setzte sich an den großen Tisch, nahm einen Bogen Papier aus einer Schublade und fächelte sich Luft zu, obwohl es heute noch gar nicht schwül war. Der Luftzug wehte ihren strengen Pony etwas auseinander, sodass die Ähnlichkeit mit Petra, die ihre Haare aus dem Gesicht gekämmt trug, mit einem Mal deutlich hervortrat. Wie konnten zwei äußerlich so ähnliche Schwestern nur einen derart unterschiedlichen Charakter haben?

»Ist Ihnen das Pferd Ihrer Schwester egal?«, blieb ich hartnäckig am Thema dran, nachdem Iris Nagel beharrlich schwieg.

»Mit welcher Berechtigung stellen Sie mir eigentlich solche Fragen, Frau Kuckuck? Ich weiß, Sie können mich nicht leiden, aber Sie sind neugieriger, als Ihnen guttut. Wenn Kommissar Herrmanns erfährt, dass Sie mich ständig Ihren penetranten Verhören unterziehen, wird er sich das vermutlich nicht gefallen lassen.«

Ach du Schreck, das hätte mir gerade noch gefehlt. Iris Nagel würde doch hoffentlich Kommissar Herrmanns nichts von meinen Besuchen bei ihr erzählen? Diese Frau war nicht blöd, sie wusste genau, wo es wehtat.

Ich wandte mich um und ging zur Tür. »Ich mache mir eben über manche Dinge Gedanken, und das ist nicht verboten«, rechtfertigte ich mich spitz mit der Türklinke in der Hand.

»Frau Kuckuck, jetzt seien Sie doch nicht gleich sauer«, lenkte Iris Nagel zu meiner Überraschung plötzlich ein. »Sie unterstellen mir hier irgendwelche Dinge, obwohl Sie mich gar nicht kennen, und da reagiere ich nun mal empfindlich. Es stimmt nicht, dass mir Petras Pferd egal ist. Ich bin in meiner Jugend jahrelang mit Petra zusammen geritten, habe jedoch damit aufgehört, weil ich zu viel unterwegs war. Nachdem ich einige Jahre im Bestattungsunternehmen unserer Eltern mitgearbeitet hatte, wollte ich raus in die weite Welt und etwas erleben, deswegen habe ich in den letzten Jahren als Animateurin und Reiseleiterin für verschiedene Hotels auf der ganzen Welt gearbeitet. Dass man so etwas aber nicht ewig machen kann, werden Sie wohl verstehen, und dass mir die Möglichkeit, Petras Geschäft zu übernehmen, sehr gelegen kommt. Das mag nach außen hin kalt und berechnend wirken, aber ich werde diese Chance nichtsdestotrotz nutzen.«

»Jetzt verstehe ich Sie besser«, entgegnete ich. Damit hatte ich gar nicht gerechnet, dass sie plötzlich so viel über sich preisgegeben würde.

»Außerdem habe ich tatsächlich überlegt, ob ich nicht wieder mit dem Reiten beginnen soll«, fuhr sie fort. »Wer weiß, vielleicht gelingt es Frau Dr. Kirschbaum ja, zwischen Saba und mir zu vermitteln. Irgendwie bin ich das Petra schuldig, wenn ich mich hier schon ins gemachte Nest setze, meinen Sie nicht, Frau Kuckuck?«

Iris Nagel verwirrte mich. War diese Wendung um hundertachtzig Grad wirklich echt oder eine speziell für mich inszenierte Vorstellung?

Wie auch immer, zumindest tat ich so, als würde ich ihr glauben.

»Dann sehen wir uns in Zukunft ja öfter auf Gut Frieding«, erwähnte ich beiläufig, verabschiedete mich und öffnete die Ladentür, bevor sie mein Misstrauen erneut spürte.

Was mir Iris Nagel da erzählt hatte, klang in meinen Ohren durchaus plausibel, aber wer sagte mir, dass es die Wahrheit war? Immerhin hatte sie gerade zugegeben, dass Petras Geschäft für sie die Chance war, wieder in ein bürgerliches, gesichertes Leben zurückzukehren. Aber war das nicht gleichzeitig ein plausibles Mordmotiv? Maja, für einen Mordverdacht fehlt nach wie vor etwas sehr Entscheidendes, sagte ich mir während der Rückfahrt, nämlich die Leiche! Ohne Leiche kein Mord, ohne Mord kein Mörder. Ob ich mich vielleicht doch in eine total absurde Idee verrannt hatte? So kam ich jedenfalls nicht weiter. Es sei denn, man würde Petras Leiche finden. Und ich wüsste auch, wo ich sie suchen würde, wenn ich die Möglichkeit dazu hätte. In den Kühlfächern des Bestattungsunternehmens gab es bestimmt ein freies Plätzchen, wo man eine Leiche vorübergehend verstecken konnte. Natürlich war das keine dauerhafte Lösung, aber man könnte die Leiche beispielsweise bei der nächsten Einäscherung in einen anderen Sarg mit hineinschmuggeln und sie so für immer verschwinden lassen.

Ich machte einen kurzen Abstecher zum Supermarkt und fuhr dann nach Hause. Da mein Reitunterricht erst für neunzehn Uhr angesetzt war, musste ich einige Snacks in der Küche der Weinstube vorbereiten, damit Andreas und die beiden Studenten in der ersten Stunde ohne mich zurechtkamen.

Nachdem die Arbeit erledigt war und ich eine ordentliche Portion meines frisch zubereiteten Obaztn vertilgt hatte, ging ich nach oben in meine Wohnung und bemerkte, dass der Anrufbeantworter blinkte. Das musste Herr Thurgau gewesen sein, der nun endlich wieder zur Vernunft gekommen war und sich tausendmal entschuldigte. Ich drückte den Abspielknopf und wartete gespannt.

»Maja, wo bist du?«, plärrte Salvatore aus dem Gerät. »Habe ich deine Bild in die Computer gesehen. Hast du gemalt eine sehr schöne Katze, aber ist irgendwas komisch mit die Bild. Glaube ich, dass mit die Wiese irgendwas nicht stimmt. Machst du besser die Bilder ohne Wiese, damit es ist mehr natürlich, verstehst du?« Dann hatte er aufgelegt. Kein weiterer Anruf von Herrn Thurgau. Jetzt wurde es aber langsam Zeit, dass dieser überspannte Musikus wieder in die richtige Spur zurückfand, sonst würde ich meine Sangeskünste doch noch einem anderen Chorleiter anbieten.

Und was sollte diese schwachsinnige Beurteilung meines Bildes von Salvatore? Dass er mein Pferd für eine Katze hielt, war nicht so schlimm, man musste ihm zugute halten, dass er sich mit Tieren nicht auskannte. An meiner Wiese hingegen gab es wahrlich nichts herumzumäkeln. Na schön, es war seine Ausstellung, also würde ich ihm, gutmütig, wie ich nun mal war, die weiteren Bilder eben ohne Wiese liefern.

Ich schlüpfte mit erwartungsvoller Vorfreude in mein schickes Reiteroutfit, nahm die Sporen und die Peitsche in die Hand und marschierte zu meinem Auto.

14.

Wieder war ich etwas früh dran, als ich auf den Parkplatz von Gut Frieding fuhr. Da das Wetter trocken und die Temperaturen angenehm waren, wurde heute auch der große Reitplatz auf der anderen Seite des Zufahrtsweges benutzt. Zwei Reiter sprangen mit ihren Pferden über bunte Hindernisstangen, auf die sie in wildem Galopp zurasten. Nein, Springreiten war nichts für mich, ich würde mich lieber aufs Dressurreiten spezialisieren, das war eindeutig die kultiviertere Variante dieser Sportart.

Nachdem ich meine Sporen angeschnallt hatte, stieg ich aus und marschierte in Richtung Stall. Als ich an der kleinen Reithalle vorbeikam, in der ich am Samstag meine erste Unterrichtsstunde gehabt hatte, traute ich meinen Augen nicht. Eva Kirschbaum stand in voller Reitermontur in der Mitte der Halle und ließ ein dunkelbraunes, feingliedriges Pferd an der Longe im Kreis laufen. Neben ihr stand in Jeans und T-Shirt Iris Nagel. Petras Schwester machte also Nägel mit Köpfen und hatte tatsächlich ernst gemeint, dass sie sich um Saba kümmern wollte.

»Hallo, Frau Kuckuck!«, rief sie mir aus der Halle zu.

Ich trat näher und beobachtete die beiden Frauen und die gleichmäßig dahintrabende Saba. Unter der Führung von Eva Kirschbaum war das Tier wirklich lammfromm. Allerdings hatte Saba keinen Sattel auf dem Rücken und sollte wohl nur etwas bewegt werden.

»Brrrr, Saba, brrr«, redete Frau Kirschbaum ganz ruhig auf das Pferd ein, bis es stehen blieb. Beide gingen auf Saba zu und klopften ihr mit der flachen Hand auf den Hals. Die Stute blickte zwar nervös in meine Richtung, ließ sich das Getätschel jedoch anstandslos gefallen.

»Wir müssen die Sache langsam angehen und dürfen sie nicht

überfordern«, meinte Frau Kirschbaum zu Iris Nagel, »aber ich denke, wir sind auf einem guten Weg.«

Eva Kirschbaum führte Saba aus der Reithalle und rief mir zu, ich solle etwas Abstand halten, da es sein könne, dass Saba ungute Erinnerungen an mich hatte.

Diese Aufforderung ließ ich mir nicht zweimal sagen und hüpfte ein paar Schritte zurück, als Frau Kirschbaum das verrückte Ross aus der Halle führte. Auch Iris Nagel ging mit einem Sicherheitsabstand von einigen Metern neben den beiden her.

Ich trottete hinterdrein und wollte zusehen, wie die Pferdeflüsterin dem gefährlichen Tier die Hufe auskratzte und es in die Box brachte, als eine männliche Stimme von hinten meinen Namen rief.

Herr Frey winkte, als ich mich umdrehte, und kam mit großen Schritten auf mich zu.

»Auf zu frischen Taten, Frau Kuckuck. Aber Sie haben ja schon wieder Sporen an«, rügte er mich mit Blick nach unten.

»Keine Panik, ich nehme sie schon ab, wenn es so weit ist«, erklärte ich ihm.

»Na, dann wollen wir uns mal um Justin kümmern«, ordnete er an, und wir gingen zügig in Richtung Stall.

Justin schenkte mir einen kurzen desinteressierten Blick und ließ sich problemlos unter Herrn Freys Aufsicht von mir das Stallhalfter anlegen. Ich führte ihn aus der Box und durch die Stallgasse nach draußen, als er plötzlich den Kopf nach oben riss und laut wieherte.

»Ruhig Blut, Justin, Ivan kann nicht aus seiner Box raus«, meinte Herr Frey von hinten und bedeutete mir, einfach weiterzugehen.

»Was hatte er denn?«, fragte ich meinen Reitlehrer, nachdem ich Justin draußen zum Putzen angebunden hatte.

»Wir haben letzte Woche einen neuen Hengst bekommen, mit dem sich Justin mehrmals auf der Koppel in die Haare gekriegt hat. Es gibt eine Rangordnung unter den Pferden, die natürlich mit einem Neuankömmling neu ausgefochten werden muss.«

Ich putzte Justin, so wie ich es vorgestern gelernt hatte, und sattelte ihn anschließend mit der Hilfe meines Reitlehrers. Dann führte ich ihn in die kleine Reithalle, bis vor die Strohballen, und übergab Herrn Frey die Zügel.

»Aber Frau Kuckuck, so geht das nicht.« Herr Frey wollte meine Aufstiegstechnik offenbar nicht so einfach akzeptieren.

»So geht es am besten«, korrigierte ich ihn. Dann nahm ich meine Sporen ab und ließ mich von einem hohen Strohballen aus in den Sattel plumpsen.

»Haben Sie denn überhaupt keinen sportlichen Ehrgeiz, Frau Kuckuck?«, fragte er ungläubig.

»Nein«, sagte ich geradeheraus. Es war mir egal, was Herr Frey dachte, wer zahlt, schafft an.

Herr Frey schickte Justin und mich wie gehabt ein paar Runden im Kreis herum und berichtigte meine Haltung. Er hatte bereits etwas weniger auszusetzen als beim letzten Mal, wie ich zufrieden zur Kenntnis nahm.

»Ach, hier bist du, Sebastian. Hallo, Frau Kuckuck«, rief ein Mann mit Schnauzbart in die Reithalle. Den Herrn hatte ich vorgestern schon im Reiterstüberl gesehen, er hatte mich gelobt, dass ich angeklopft hatte. Vielleicht hatte er sich deshalb meinen Namen gemerkt. Er kam auf Herrn Frey zu und schimpfte: »Gestern Abend hat wieder jemand das Licht in der Reithalle brennen lassen. Außerdem gibt es hier Leute, die keine Lust haben, die Hinterlassenschaften ihrer Pferde auf dem Putzstand wegzuräumen. Kannst du bitte besser auf die Disziplin deiner Schüler aufpassen?«

»Gestern Abend waren nur Privatpferde in der Halle«, antwortete Herr Frey gelassen, »und meine Schüler machen den Putzstand immer sauber.«

»Ja, ja, hinterher will's wieder niemand gewesen sein. Der reinste Kindergarten ist das hier.«

Der Mann drehte energisch um und stapfte wieder aus der Halle. Nanu, das letzte Mal hatte er aber einen freundlicheren Eindruck auf mich gemacht!

»Das war Sepp Harrer, der Besitzer von Gut Frieding«,

teilte mir Herr Frey mit, damit ich nicht mehr ganz so dämlich in die Gegend glotzte. »Er hat schon recht, wenn er sich aufregt. Manche Privatpferdebesitzer halten es nicht so genau mit der Stallordnung. So, Frau Kuckuck, dann werden wir Sie jetzt freilassen«, meinte er grinsend, während er die Longe von der Trense löste. Ich durfte tatsächlich alleine lenken. Herr Frey wollte, dass ich den Kreis durch Ziehen am inneren Zügel verkleinerte und anschließend wieder vergrößerte. Es funktionierte tadellos, ich konnte reiten!

»Und jetzt machen Sie eine große Runde an der Wand der Reithalle entlang«, forderte Herr Frey.

Es klappte perfekt, bestimmt würde ich beim nächsten Mal meine Sporen tragen dürfen!

»Frau Kuckuck, ich habe mein Handy im Reiterstüberl liegen lassen. Trauen Sie sich zu, eine Minute lang alleine im Schritt weiterzugehen?«

»Selbstverständlich, Herr Frey, lassen Sie sich ruhig Zeit«, antwortete ich sofort. Justin war das bravste Pferd auf der Welt, ich hatte überhaupt keine Bedenken.

Herr Frey marschierte in Richtung Reiterstüberl, und ich betrachtete gemütlich die Welt von oben. Ein Mädchen kam auf seinem gefleckten Pony von einem Ausritt zurück und winkte freundlich zu mir herüber. Genau so hatte ich mir das Reiten vorgestellt, von mir aus musste es auch gar nicht schneller gehen. Ich drehte eine weitere Runde und hörte plötzlich einen Aufruhr aus der Richtung des Stalles. Hatte sich Iris Nagel zu nah an Saba herangewagt, oder was war da los? Donnernde Hufschläge näherten sich im Eiltempo; ein schwarzes Pferd kam laut wiehernd in die Reithalle geschossen und raste wie der Blitz auf Justin zu. Der machte einen Satz und rannte in die andere Richtung. Es zog mich mit unglaublicher Wucht nach hinten, ich konnte mich gerade noch am Sattel festhalten. Das schwarze Pferd hatte Justin in die Ecke getrieben und attackierte ihn mit Bissen und Hufschlägen. Justin wehrte sich mit wilden Bocksprüngen und Hufschlägen, sodass ich rauf- und runterhüpfte wie bei einem Rodeo. Ich wusste nicht mehr wo oben und unten war, meine am Sattel klammernden Finger hielten der Kraft des Pferdes nicht länger stand. In hohem Bogen flog ich schreiend durch die Luft und war mir sicher, dass mein letztes Stündlein geschlagen hatte, bis ich plötzlich überraschend weich auf pieksendem Untergrund landete. Mein Schutzengel hatte mich tatsächlich auf die Strohballen fallen lassen. Ich war geschockt und erleichtert zugleich. Die ganze Aktion hatte bestimmt nur Sekunden gedauert, war mir jedoch wie eine halbe Ewigkeit vorgekommen. Die beiden Pferde kämpften immer noch gegeneinander. Justin blutete bereits an mehreren Stellen, da stürzten auf einmal mehrere Personen gleichzeitig in die Reithalle und versuchten, die Pferde zu trennen. Der Stallbursche Marek hatte wieder seine Mistgabel mitgebracht und versetzte dem schwarzen Pferd damit mehrere Hiebe.

»Um Himmels willen, wo ist Frau Kuckuck?«, rief Herr Frey aufgelöst, als er in die Reithalle stürmte.

»Hier!«, machte ich mich lautstark von meinem Strohbett aus bemerkbar. »Mir ist nichts passiert.«

»Gott sei Dank«, stöhnte er erleichtert. »Ich hätte Sie nicht alleine lassen dürfen. Wie ist Ivan hierhergekommen?«

»Keine Ahnung, plötzlich war er da«, antwortete ich wahrheitsgetreu. Marek und zwei andere Männer hatten Ivan mittlerweile unter Kontrolle gebracht und führten den wild schnaubenden Hengst zurück in den Stall. Frau Kirschbaum begutachtete die Wunden von Justin, Iris Nagel beobachtete die Szene vom Eingang der Reithalle aus.

»Wie konnte das nur passieren!«, rief Eva Kirschbaum erbost. »Er muss genäht werden!«

Ich kletterte von den Strohballen herunter und ging mit weichen Knien zu Justin.

»Er kann nichts dafür, der andere hat angefangen«, erklärte ich Frau Kirschbaum.

»Das ist mir klar. Na, wenigstens ist Ihnen nichts passiert«, bemerkte sie freundlicherweise, obwohl ihre ganze Aufmerksamkeit Justin galt.

»Marek hat wohl wieder einen über den Durst getrunken und Ivans Tür nicht anständig verriegelt«, mutmaßte Herr Frey. »Was da nicht alles hätte passieren können!«

»Was heißt hier ›hätte passieren können‹? Sieh dir den armen Justin an! Und wo warst du eigentlich, als Ivan Justin angegriffen hat?«, stellte Eva Kirschbaum Sebastian Frey zur Rede.

»Ich wollte nur schnell mein Handy aus dem Reiterstüberl holen, ich mache mir solche Vorwürfe«, gestand Herr Frey seine Mitschuld ein. »Frau Kuckuck, Sie fahren jetzt am besten nach Hause und erholen sich erst einmal von dem Schreck. Die Stunde heute wird natürlich nicht verrechnet, ich melde mich dann wieder bei Ihnen.«

Ich sammelte meine Sporen und meine Peitsche ein und machte mich vom Acker. Für heute war ich wirklich genug geritten.

15.

Zu Hause schlüpfte ich aus meinen staubigen Reiterklamotten und nahm eine wohltuende Dusche. Meine rechte Seite wies einige Kratzer von meiner Strohlandung auf, außerdem hatte der Rodeo-Ritt mehrere Prellungen an meinen Oberschenkeln und an meinem Allerwertesten hinterlassen. Eigentlich hatte ich mich beachtlich lange auf dem buckelnden Justin gehalten, dachte ich nicht ohne Stolz, manch einer wäre schon beim ersten Hopser davongesegelt.

Ich zog mich an und ging hinunter in die Weinstube. Doris hatte sich für heute Abend angekündigt, die würde Augen machen, wenn ich ihr erzählte, was ich heute erlebt hatte.

»War Herr Thurgau da?«, fragte ich Andreas, nachdem ich einige Stammgäste begrüßt hatte.

»Nein, wieso, wartest du auf ihn?«, fragte er zurück.

»Eigentlich schon«, entgegnete ich etwas enttäuscht, aber vielleicht würde er ja noch kommen.

Gegen halb zehn erschien Doris endlich in der Weinstube.

»Wo bleibst du denn so lange?«, empfing ich sie ungeduldig.

»Ich dachte, du machst bis um acht Uhr hoppe, hoppe Reiter und musst dir anschließend erst noch den Geruch von Abenteuer und Freiheit wegduschen«, antwortete sie frech.

»Sehr witzig, und so weise. Heute trifft das mit dem Abenteuer nämlich tatsächlich zu.«

In allen Einzelheiten berichtete ich Doris, was ich auf Gut Frieding erlebt hatte.

Doris blickte mich immer entsetzter an. »Und da lachst du noch, was du für ein Glück hattest, dass du auf dem Stroh gelandet bist? Maja, komm endlich zur Besinnung, das war ein Mordanschlag!«

Doris' Worte hallten in meinem Kopf nach. Ein Mordanschlag?

»Denk doch mal nach, du hättest dir genauso gut das Genick brechen können bei dieser Geschichte. Was wäre gewesen, wenn du gegen die Wand geschleudert oder unter die schlagenden Pferdehufe geraten wärst?«

Schaudernd hörte ich zu, was Doris sagte.

»Glaubst du etwa, dass dieser versoffene Marek die Tür von Ivan absichtlich nicht richtig zugemacht hat?«, fragte ich meine Freundin.

»Mein Gott, Maja, bist du naiv. Jeder Mensch, der zu dieser Zeit auf Gut Frieding war, hätte die Boxtür öffnen können. Es war ja wohl kein Geheimnis, dass sich die beiden Pferde nicht ausstehen können.«

»Aber es wusste doch niemand, dass ich ausgerechnet in diesem Moment alleine mit Justin in der Halle war«, entgegnete ich ungläubig.

»Der Täter hätte nur zufällig sehen müssen, wie Herr Frey zum Reiterstüberl gegangen ist. Ganz abgesehen davon, dass Herr Frey selbst diesen Ivan aus der Box hätte lassen können. Frau Kirschbaum war auch in der Nähe, und ausgerechnet deine spezielle Freundin Iris Nagel. Hast du den toten Kuckuck in deiner Mülltonne schon vergessen? Es passt doch alles zusammen. Du musst zur Polizei gehen, Maja, der Täter wird es bestimmt wieder probieren, nachdem es heute nicht geklappt hat.«

Ich bestellte bei Andreas einen doppelten Grappa für mich und ein Glas Pinot noir für Doris. Ihre Ausführungen ließen mich fast vom Hocker kippen, so erschrocken war ich. Dass ich an diese Möglichkeit nicht gleich gedacht hatte!

Auf zwei Schlücke leerte ich das Glas Grappa und atmete tief durch. Man hatte versucht, mich umzubringen!

»Du bist jemandem im Weg, Maja, und es liegt doch auf der Hand, dass das etwas mit dem Mord an Felix Kirschbaum oder mit dem Verschwinden von Petra Nagel zu tun hat. Weil du deine Nase auch immer in solche Sachen stecken musst, da konnte man ja drauf warten, dass wieder irgendwas passiert.«

»Du schimpfst ja noch schlimmer als meine Tochter«, bemerkte ich und war durchaus etwas gerührt, dass sich Doris so große Sorgen um mich machte. »Ich gebe zu, dass ich die Lage unterschätzt habe. Aber zum Herrmanns kann ich nicht gehen, weil der sonst rechtliche Schritte gegen mich einleiten wird. Weil ich in seinem Mordfall herumgeschnüffelt habe.«

»Na und? Trotzdem ist dann wenigstens jemand für deine Sicherheit zuständig«, wetterte Doris.

»Ich werde eine Nacht darüber schlafen und dann überlegen, was zu tun ist«, versuchte ich, meine Freundin zu beruhigen. »Und natürlich werde ich meine Wohnungstür heute Nacht absperren«, fügte ich hinzu.

Am nächsten Morgen fand ich im Freisinger Tagblatt die Todesanzeige von Felix mit dem Hinweis auf das Requiem und die Beerdigung am kommenden Freitag. Da hatte sich Frau Kirschbaum aber ganz schön Zeit gelassen, die Anzeige in die Zeitung zu bringen. Oder war der Termin so lange unklar gewesen? Bestimmt würde der Chor auf Felix' Beerdigung singen. Ohne mich, dachte ich traurig. Herr Thurgau war auch gestern Abend nicht mehr in die Weinstube gekommen, um mich um Verzeihung zu bitten. Ich war mit unserem Chorleiter zwar schon oft aneinandergeraten, aber so bockig wie dieses Mal war er noch nie gewesen. Wenn er bis zum Requiem nicht zur Vernunft gekommen war, würde ich mir wohl schweren Herzens einen anderen Chor suchen müssen.

Die Sonne schien freundlich in meine Küche, die mörderische Attacke des rasenden Ivan hatte über Nacht bedeutend an Schrecken verloren. Sein Angriff galt schließlich Justin, und nicht mir. Wie es dem armen Tier heute wohl ging? Sollte ich Eva Kirschbaum vielleicht einen Besuch in ihrer Praxis abstatten, um mich nach ihm zu erkundigen? Wahrscheinlich erwartete sie das sogar von mir, immerhin hatte sich Justin bei dem Vorfall in meiner Obhut befunden.

Während ich meinen letzten Schluck Kaffee trank, klingelte das Telefon.

»Guten Morgen, Frau Kuckuck, haben Sie sich wieder erholt?«, fragte Herr Frey am anderen Ende der Leitung.

»Ja, ja, es geht schon wieder«, entgegnete ich entspannt.

»Eines muss man Ihnen lassen, Sie sind hart im Nehmen«, lobte mich mein Reitlehrer anerkennend. »Wenn Sie wollen, kann ich Ihnen am Donnerstagnachmittag um siebzehn Uhr einen neuen Termin anbieten. Morgen geht es nicht, da bin ich schon voll, und am Freitag ist ja die Beerdigung von Felix.«

»Donnerstagnachmittag ist in Ordnung. Mochten Sie Felix Kirschbaum eigentlich, wenn ich mir die Frage erlauben darf?«, versuchte, ich etwas aus ihm herauszubekommen.

»Natürlich mochte ich ihn, er war ein guter Tierarzt, obwohl er natürlich nicht so ein Gespür für Pferde hatte wie Eva.«

»Und sonst, ich meine privat?«, wagte ich mich noch etwas weiter vor.

»Ich kam gut mit ihm zurecht, aber ich war ja auch nicht mit ihm verheiratet.«

»Wie meinen Sie das?«, griff ich den Faden sofort auf.

»Es gibt eben Männer, die nehmen es mit der Treue nicht so genau. Mehr möchte ich dazu nicht sagen.«

»Ich wollte Sie auch nicht aushorchen, Herr Frey, aber ich mache mir Gedanken, warum Felix sterben musste. Wussten Sie, dass Petra Nagel angeblich gestanden hat, Felix erschossen zu haben?«

»Ja, Eva hat es mir gesagt.«

»Und können Sie das glauben?«, fragte ich weiter.

»Ich könnte es mir vorstellen«, antwortete er kurz. »Frau Kuckuck, ich muss jetzt Schluss machen, gleich kommt der Hufschmied. Also dann, bis Donnerstag«, verabschiedete er sich ziemlich abrupt.

Sieh an, Herr Frey konnte sich also tatsächlich vorstellen, dass Petra Felix erschossen hatte. War vielleicht doch etwas dran an der Theorie von Kommissar Herrmanns, dass Felix und Petra ein Liebespaar waren und dass es zu Streitereien zwischen den beiden gekommen war? Die Bemerkung von Herrn

Frey, dass es Felix mit der Treue nicht so genau genommen hatte, und die Aussage von Francescos neuer Freundin, dass im Hause Kirschbaum oft die Fetzen geflogen sind, deuteten jedenfalls darauf hin.

Das Telefon klingelte abermals.

»Mama, ich muss mit dir reden«, ertönte die ernste Stimme meiner Tochter aus dem Hörer.

Sofort entschied ich, Viola nichts über den gestrigen Vorfall zu erzählen. Sie würde sich bestimmt wahnsinnig aufregen und wäre strikt dagegen, dass ich mich noch einmal auf ein Pferd setzte.

»Mama, dieses Bild ist doch nicht dein Ernst! Willst du die ganze Familie lächerlich machen? Da kann ich genauso gut zum nächsten Kindergarten gehen und einem Dreijährigen Pinsel und Farbe in die Hand drücken. Ich verstehe ja, dass dich Salvatore mit dieser Benefiz-Ausstellung überrumpelt hat, aber dieses undefinierbare Geschmiere kann man doch der Öffentlichkeit nicht zumuten, geschweige denn verkaufen!«

Undefinierbares Geschmiere? Da habe ich aber im Museum schon ganz andere Bilder gesehen!

»Wenn ich ›Pferd auf Wiese‹ oben drüberschreibe, ist es definierbar«, machte ich einen Vorschlag.

»Mama, sei doch vernünftig! Wenn du etwas zu dieser Veranstaltung beitragen willst, dann überrede den Sohn von Doris, dass er uns ein paar Bilder für diese Aktion überlässt, es geht schließlich um einen guten Zweck. Damit hätte unsere Familie auch etwas von künstlerischem Wert zur Verfügung gestellt.«

»Aber Francesco hat alle seine Bilder signiert!«

»Na und? Sie sind ja auch von ihm«, entgegnete Viola.

»Aber ich dachte, die Bilder soll jemand aus der Familie gemalt haben?«, wunderte ich mich laut.

»Nur, wenn jemand aus der Familie malen kann, Mama«, stöhnte Viola.

»Also, etwas mehr Unterstützung könnte man von der eigenen Tochter schon erwarten«, schimpfte ich beleidigt. »Ich werde heute Nachmittag meiner künstlerischen Inspiration erneut freien Lauf lassen. Und dann werden wir ja sehen, ob mein Werk deinen reichlich übertriebenen Ansprüchen genügt.«

»Undank ist der Mühe Lohn«, murmelte ich vor mich hin, nachdem ich aufgelegt hatte. Die meisten großen Maler waren arme Schlucker gewesen, weil zu ihren Lebzeiten kein Mensch erkannt hatte, welches Genie in ihnen steckte. Ich konnte so gut nachempfinden, wie sich diese armen Künstler gefühlt haben mussten.

Im Telefonbuch fand ich eine große Anzeige der Tierarztpraxis von Eva und Felix Kirschbaum. Die Praxis war täglich von zehn bis zwölf und von sechzehn bis achtzehn Uhr geöffnet, für dringende Fälle war eine Notrufnummer angegeben.

Ich hielt es für geschickt, gegen zwölf Uhr mittags bei Frau Kirschbaum aufzutauchen, dann würde der Andrang der tierischen Patienten hoffentlich nicht mehr so wild sein. Bis dahin stattete ich den großen Supermarktketten in der Angerstraße einen Besuch ab und deckte mich mit Lebensmitteln für die nächsten Tage ein. Als ich an den Regalen für Tierbedarf vorbeikam, konnte ich es nicht lassen, für Justin eine Tüte Pferde-Leckerlis mitzunehmen. Immerhin hatte er mich sicher in Richtung Strohballen geschleudert. Gegen Viertel vor zwölf fuhr ich ein paar Straßen weiter und parkte schließlich vor der Tierarztpraxis des Ehepaars Kirschbaum.

Die großen Fenster und die gläserne Praxistür waren lustig mit Hunde- und Katzenbildern beklebt, sodass man schon aus der Ferne erkennen konnte, um welches Gewerbe es sich hier handelte.

Ich trat ein und marschierte quer durch das Wartezimmer auf den Anmeldetisch zu, der im Moment jedoch nicht besetzt war. Ein kleiner Junge saß mit seiner Mutter in der Ecke und streichelte irgend ein felliges Wesen in einer Holzkiste, den beiden gegenüber wartete eine ältere Dame mit einer grauen Katze in einem runden Käfig neben ihren Füßen.

Als längere Zeit niemand am Anmeldetresen erschien, setzte ich mich ebenfalls auf einen Stuhl im Wartezimmer. Der kleine Junge beäugte mich neugierig, sein Hauptinteresse galt jedoch meiner schmalen, paillettenbesetzten Handtasche.

»Was hast du da drin?«, fragte er plötzlich.

»Maximilian«, rügte ihn seine Mutter scharf. »Das geht uns gar nichts an!«

»Ich wollte doch nur wissen, ob es gefährlich ist«, flüsterte der Junge gut hörbar.

Die Tür des Behandlungszimmers ging auf, und ein Mann mit einer kleinen Hunde-Promenadenmischung auf dem Arm kam heraus, gefolgt von einer attraktiven Tierarzthelferin in weißem Kittel.

»Dann bis zum nächsten Mal, Herr Schäuferle«, verabschiedete sich die Tierarzthelferin kurz von dem Hundehalter und wandte sich sogleich an die Mutter des kleinen Jungen: »Ihr Meerschweinchen ist jetzt dran, Sie können schon reingehen.« An mich gerichtet fragte sie: »Und weswegen sind Sie gekommen?«

Der kleine Junge bremste mit gespanntem Blick auf meine Handtasche scharf ab und wollte nicht weitergehen.

»Nur zu, die Frau Doktor tut dem Schweinderl bestimmt nicht weh«, sagte die Tierarzthelferin freundlich, schob den Jungen mitsamt seiner Mutter und dem Meerschwein ins Behandlungszimmer und schloss die Tür.

»Ich möchte mich bei Frau Doktor Kirschbaum nur nach Justin erkundigen. Ich bin gestern auf ihm geritten, als er verletzt wurde«, klärte ich sie auf.

»Ach so«, meinte die junge Frau etwas irritiert, sie wusste wohl nichts von dem Vorfall. »Ein wenig dauert es aber noch«, informierte sie mich höflich, bevor sie zurück ins Behandlungszimmer ging.

Während ich wartete, fragte ich mich, ob Eva Kirschbaum die Praxis nun allein weiterführen oder sich einen Kompagnon suchen würde. Neben der Behandlung von Kleintieren in der Praxis kümmerten sie sich normalerweise auch um die Versorgung landwirtschaftlicher Nutztiere oder Pferde. Eva

Kirschbaum musste im Moment die Arbeit von zwei Tierärzten allein bewältigen. So gesehen hatte sie durch den Tod ihres Mannes bestimmt keinen Vorteil, aber war sie deswegen weniger verdächtig? Nein, überlegte ich, wenn an der Geschichte mit Felix und Petra Nagel oder einer anderen Frau doch etwas dran war, konnte das Mordmotiv Eifersucht gewesen sein.

Nach zehn Minuten kam der Junge mit dem Meerschweinchen aus dem Behandlungszimmer und starrte sofort wieder auf meine Handtasche, seine Mutter drängte ihn jedoch eilig zur Praxis hinaus. Ich wartete weitere fünfzehn Minuten, bis die graue Katze verarztet worden war, dann ließ mich die Tierarzthelferin endlich zu Eva Kirschbaum ins Zimmer.

»Hallo, Frau Kuckuck, Sie wollen sich nach dem Gesundheitszustand von Justin erkundigen? Sie hätten auch anrufen können, dann hätten Sie sich die Warterei erspart«, begrüßte mich Eva Kirschbaum sachlich.

»Kein Problem, ich war gerade in der Nähe und dachte, ich schaue einfach vorbei.«

Frau Kirschbaum bot mir einen Stuhl vor einem kleinen Schreibtisch mit PC an, während sie sich selbst am Waschbecken neben einer weiteren Tür die Hände wusch. In dem weißen Arztkittel sah sie noch besser aus als in ihrem schicken Reiteroutfit, der Kontrast zwischen ihrer gebräunten Haut und dem weißen Stoff unterstrich ihren rassigen Typ. Interessiert blickte ich mich um, da ich noch nie eine Tierarztpraxis von innen gesehen hatte. In der Mitte des Raumes stand ein weißer, höhenverstellbarer Behandlungstisch, über dem eine helle Lampe leuchtete, an den Wänden des Raumes befanden sich die üblichen weißen Schränke, die Verbandszeug, Medikamente oder medizinisches Gerät enthielten.

Die Tür ging auf, und die Tierarzthelferin lugte durch den Türspalt.

»Also ich geh dann mal, bis später«, rief sie Frau Kirschbaum zu.

»Ist gut, Verena, lassen Sie nur vorher bitte Hannibal rein«, bat die Tierärztin ihre Angestellte. »Hannibal ist unser Hund, er ist während den Sprechzeiten immer im Zwinger hinter dem Haus«, fügte sie gnädigerweise eine Erklärung für mich an.

Ein ungutes Gefühl machte sich in meiner Magengegend breit. Auf die Bekanntschaft mit Hannibal war ich psychisch nicht vorbereitet.

Frau Kirschbaum trocknete sich die Hände ab und sagte: »Justin musste an zwei Stellen genäht werden, es geht ihm den Umständen entsprechend gut, er darf allerdings mindestens zwei Wochen lang nicht geritten werden.«

»Das ist aber schade, ich hatte mich schon an ihn gewöhnt«, bedauerte ich.

»Hat Sie der kleine Rodeoritt gestern nicht vom Reiten abgeschreckt, Frau Kuckuck?«, fragte Eva Kirschbaum.

»Nein, Justin konnte ja nichts dafür«, begründete ich meine sportliche Einstellung.

»Wer konnte denn Ihrer Meinung was dafür?«, fragte sie mit undurchdringbarer Miene.

»Na dieser Ivan, den irgendjemand rausgelassen hatte.«

»Sie glauben also, dass Ivan absichtlich auf Justin gehetzt wurde?«, bohrte sie weiter.

»Könnte doch sein«, entgegnete ich knapp.

»Aber wozu? Glauben Sie im Ernst, dass jemand den beiden Pferden schaden wollte? Ist es nicht wahrscheinlicher, dass man es auf Sie abgesehen hatte, Frau Kuckuck?«

Der Blick und der Ton von Eva Kirschbaum gefielen mir nicht. Was sie soeben zu mir gesagt hatte, klang in meinen Ohren eher bedrohlich als besorgt.

»Und warum sollte es jemand auf mich abgesehen haben?«, ging ich in die Offensive.

»Vielleicht sollten Sie einmal in aller Ruhe darüber nachdenken, Frau Kuckuck«, riet sie mir nüchtern.

Ich wurde nicht schlau aus dieser Frau, wollte sie mich zur Vorsicht anhalten oder mir Angst einjagen?

Ein dröhnendes, voluminöses Bellen, das plötzlich vom Flur her kam, erzeugte bei mir schlagartig eine Gänsehaut. Frau Kirschbaum stand auf und öffnete die Tür. Ein schwarzes Tier so groß wie ein Kalb drückte mit Wucht seinen massigen Kopf gegen ihren Bauch.

»Nicht so stürmisch, mein Baby, ich bin ja da«, begrüßte Eva Kirschbaum das faltige, runzelige Monster, dem lange Speichelfäden aus den tief hängenden Mundwinkeln trieften, und streichelte ihm sanft über das kurze Fell.

»Das ist Hannibal, er ist ein Mastino Napoletano und ganz lieb«, meinte sie in meine Richtung.

Für den Bruchteil einer Sekunde fühlte ich eine Art Seelenverwandtschaft mit Herrn Thurgau. Was für ein furchterregendes Geschöpf! Noch galt Hannibals Interesse nur den Streicheleinheiten seines Frauchens, aber was würde passieren, wenn er mich entdeckte? Vorsichtig stand ich vom Stuhl auf und machte mit einem Stuhlbein ein quietschendes Geräusch. Hannibal drehte den Kopf schlagartig in meine Richtung.

»Hier geblieben!«, zischte Eva Kirschbaum. Hannibal rührte sich nicht vom Fleck und blickte mich mit lüstern geöffnetem Mund an. Der Speichel am rechten Mundwinkel tropfte.

»Ich würde gerne gehen«, sagte ich unmissverständlich.

»Natürlich, Frau Kuckuck, ich werde es Sie wissen lassen, wenn Justin wieder einsatzbereit ist«, entgegnete Eva Kirschbaum fast geschäftlich. Der wuchtige Hannibal ließ sich von seinem Frauchen nur widerwillig von der Tür wegschubsen, er wollte, dass ich ganz nah an ihm vorbeigehen musste.

Möglichst ruhig und den Blick geradeaus gerichtet, setzte ich einen Fuß vor den anderen. Mein Herz schlug bis zum Hals, als ich Hannibals heißen Atem an meinem nackten Handgelenk spürte. Auf einmal glaubte ich, ein leises gieriges Grunzen zu hören. Bestimmt hatte er meinen Angstschweiß gerochen.

Ich schloss die Praxistür hinter mir und atmete erst mal tief durch. Die Geschichten, die mir Doris von zu Tode erschrockenen Joggern oder Spaziergängern erzählt hatte, wurden vor meinem inneren Auge lebendig. Ich würde ebenfalls durchdrehen, wenn mir ein Hannibal ohne Besitzer unerwartet im Wald gegenüberstehen würde. Andererseits konnte einem das Tier wirklich leidtun. Wenn man so aussah, hatte man bestimmt nicht viele Freunde.

Sein Frauchen war rein optisch das glatte Gegenteil, und ich war sicher, dass die hübsche Tierärztin einige Verehrer hatte. Außerdem kam ihr großes Herz für Tiere in bestimmten Kreisen offenbar gut an. Ich glaubte nicht, dass Eva Kirschbaum lange allein bleiben würde. Vielleicht hatte sie auch schon ein Verhältnis? Die neue Freundin von Doris' Sohn hatte doch gesagt, dass Eva nach Streitereien mit ihrem Mann oft erst am nächsten Tag wieder zurückgekommen war, wo war sie also in diesen Nächten gewesen? Möglicherweise könnte ich heute Nachmittag auf Gut Frieding etwas mehr über die Ehe der Kirschbaums erfahren, ich hatte nämlich vor, meine Staffelei vor der Pferdekoppel aufzustellen und mich inmitten der Natur von der Muse küssen zu lassen.

16.

Gegen drei Uhr nachmittags lud ich mein Malerei-Equipment in meinen Minivan und machte mich auf den Weg zum Gut Frieding. Obwohl ich heute kein Pferd besteigen würde, hatte ich mich entschieden, meine frisch gewaschenen Reitklamotten anzuziehen. Erstens wollte ich damit für jedermann demonstrieren, dass ich ebenfalls zur Reitergilde gehörte, zweitens waren die Gelegenheiten ohnehin sehr rar, in denen ich das schicke Outfit tragen konnte.

Auf dem Parkplatz neben dem Reitplatz war gerade Rushhour, mehrere Eltern brachten ihre Kinder zur Voltigierstunde. In aller Ruhe stieg ich aus und schnallte mir vor den Augen diverser junger Mütter meine Sporen an, dann holte ich erst einmal die Tüte mit den Pferde-Leckerlis aus dem Auto und marschierte in Richtung Stall. Es wuselte überall vor Kindern, in beiden Reithallen wurde jeweils ein Pferd mit Voltigiergurt um den Bauch an der Longe laufend vorbereitet. Einige Kinder machten sich auf dem Hof vor dem Reiterstüberl unter der Anleitung einer Jugendlichen mit Dehn- und Streckübungen warm, andere schoben eine Art Übungs-Bock auf Rollen vor sich her. Ich erreichte den vorderen Stall, in dem Justin stand, und ging mit Argusaugen an der Box von Ivan vorbei. Die Box war leer, wahrscheinlich heizte Ivan gerade auf der Koppel einigen Nebenbuhlern ein. Der arme Justin stand still in seiner Box und dämmerte vor sich hin. An seinem Hals konnte man deutlich die Naht sehen, mit der Eva Kirschbaum die Wunde verschlossen hatte, das Fell außen herum war von einem orangefarbenen Desinfektionsmittel eingefärbt. Die zweite Naht befand sich am rechten Vorderbein. Ohne zu zögern, öffnete ich die Schiebetür der Box, ging hinein und zog die Tür von innen wieder zu, nur für den Fall, dass Ivan vielleicht just in diesem Moment zurückkommen würde. Ich öffnete die Leckerli-Tüte und bot Justin auf meiner flachen Hand einige von den gepressten Röllchen in der Geschmacksrichtung »Erntedank« an. Er verleibte sich die eigenartig riechenden Delikatessen gierig ein und suchte anschließend mit seinem Maul die Tüte in meiner anderen Hand. Selbstverständlich gab ich ihm auch den Rest der Leckerei, das hatte er sich verdient. Als Justin die letzten Krümel von meiner Hand geputzt hatte, hörte ich Schritte und Stimmen näher kommen. Die Stimme, die gerade sprach, kam mir mehr als bekannt vor. Sofort duckte ich mich und versteckte mich kauernd in der Ecke neben der Schiebetür der Box.

»Ich werde dich nicht heiraten, auch wenn Felix jetzt tot ist, bitte versteh das doch endlich«, sagte Eva Kirschbaum zwar leise, aber bestimmt.

»Ich gebe dir alle Zeit der Welt«, hörte ich Sebastian Frey sagen. »Du weißt so gut wie ich, dass wir füreinander geschaffen sind.«

Die beiden blieben vor Justins Box stehen. Der wollte nicht einsehen, dass die Tüte nun leer war, beugte sich zu mir nach unten und suchte meine Hosentaschen ab. Mit kleinen Bewegungen versuchte ich, ihn wegzuschubsen, aber er gab nicht auf. Eva Kirschbaum würde doch hoffentlich nicht hereinkommen?

»Sebastian, lass uns bitte reden wie zwei erwachsene Menschen«, verlangte Eva Kirschbaum.

»Aber Eva, Felix hat dich jahrelang mit Petra betrogen, du wirst ihm doch jetzt nicht ewig hinterhertrauern!«

»Sebastian, ich bin im Stress, ich muss jetzt nach Justin sehen und die Nachmittagssprechstunde fängt in einer halben Stunde an.«

»Ach Eva, Gott sei Dank bist du noch da!«, rief eine Frauenstimme von der anderen Seite der Stallgasse. »Mit Sugars Auge stimmt irgendwas nicht, es ist ganz geschwollen.«

Eva Kirschbaum griff zwischen den Gitterstäben durch und streichelte Justins Kopf. »Ich komme gleich, mein Alter«, flüsterte sie ihm sanft zu und ging mit flotten Schritten zu der aufgeregten Pferdebesitzerin.

Erleichtert atmete ich auf. Das war knapp gewesen! Herr Frey entfernte sich ebenfalls, sodass ich endlich Justins Box verlassen konnte. Das hätte noch gefehlt, wenn Eva Kirschbaum bemerkt hätte, dass ich ihr äußerst aufschlussreiches Gespräch mit Sebastian Frey belauscht hatte. Schnellen Schrittes lief ich zu meinem Auto und packte meine Staffelei aus.

Herr Frey war also bis über beide Ohren in Eva Kirschbaum verliebt. Was mich eigentlich nicht überraschte, wo er doch so von ihr geschwärmt hatte. Aber was war mit Eva Kirschbaum? Hatten die beiden nun etwas miteinander oder nicht? Dass Eva Kirschbaum nicht gleich wieder heiraten wollte, schloss eine Liebesbeziehung der beiden schließlich nicht aus. Was mir allerdings noch mehr zu denken gab, war die Tatsache, dass Felix tatsächlich ein Verhältnis mit Petra gehabt hatte. War Kommissar Herrmanns auf der richtigen Spur und Petra hatte im Streit ihren Geliebten erschossen? Widerwillig musste ich mir eingestehen, dass Petras Geständnis vielleicht doch keine Lüge von Iris Nagel war.

Ich stellte meine Staffelei vor der unteren Koppel zwischen den Ställen und dem Heustadel auf, da ich von dort aus einen ausgezeichneten Blick auf mehrere grasende Pferde hatte. Beim näheren Hinsehen entdeckte ich Ivan, der von den anderen Pferden durch ein Gatter getrennt war. Ich ging zum Auto zurück, holte meine restlichen Malutensilien und stellte schließlich den leeren weißen Malblock auf die Staffelei. Eine vorbeimarschierende Reiterin mit zwei Kübeln in den Händen grinste, als sie mich dabei beobachtete.

Natürlich war ich auf mehr oder weniger dumme Bemerkungen eingestellt, der Pferdefreund an sich hatte mit der Kunst im Allgemeinen ja eher selten zu tun. Mein Selbstbewusstsein reichte jedoch locker aus, um unqualifizierte Kommentare an mir abprallen zu lassen. Souverän tunkte ich den Pinsel in dunkelbraune Farbe und markierte einige kleine ovale Flecken am oberen Bildrand. Je weiter entfernt die Pferde standen, desto weniger Details erwartete der Betrachter, war meine Überlegung. Ich strichelte mit einem dünneren Pinsel jeweils vier Beinchen an die braunen Flecken und trat einen Schritt zurück. Jawohl, dieses Bild hatte eine gewisse Tiefe, die ich jedoch noch weiter ausarbeiten musste.

Ich erschrak ganz fürchterlich, als ich in diesem Moment gewahr wurde, dass jemand hinter mir stand. Reflexartig drehte ich mich um und blickte in das gebräunte Gesicht von Sepp Harrer, dem Besitzer von Gut Frieding.

»Ich habe Sie gar nicht kommen hören«, meinte ich etwas vorwurfsvoll.

»Ich bin Jäger, Frau Kuckuck, das lautlose Anschleichen ist mir sozusagen in Fleisch und Blut übergegangen«, erklärte er.

Ich wusste nicht genau, was ich von diesem Mann halten sollte. Jedes Mal, wenn ich ihm bisher begegnet war, hatte er einen ziemlich ernsten, humorlosen Eindruck auf mich gemacht.

»Wieso malen Sie hier?«, fragte er in undurchsichtigem Ton.

»Ich dachte, die Pferde auf der Weide gäben ein schönes Motiv ab, aber wenn es Ihnen nicht recht ist …«, meinte ich unsicher, immerhin befand ich mich auf seinem Grund und Boden.

»Sie können hier malen, was Sie wollen, aber ich möchte vorher informiert werden«, stellte er klar.

»Natürlich, Herr Harrer, das hätte ich tun sollen«, lenkte ich ein.

»Wenn ich mit Pferdeanhängern rangiere oder Heuballen lade, muss ich wissen, dass hier jemand herumsteht, der nicht aufpasst«, erläuterte er seine Forderung.

»Aber selbstverständlich passe ich auf«, verteidigte ich mich.

»Vielleicht passen Sie auf die falschen Dinge auf, Frau Kuckuck, Sie haben mich ja eben auch nicht kommen hören. Was soll das auf dem Bild eigentlich werden, wenn ich fragen darf?«

»Das werden Sie sehen, wenn es fertig ist«, antwortete ich kurz angebunden. Ein Pferdegutbesitzer erkannte keine Pferde, war das die Möglichkeit!

»Dann lasse ich Sie jetzt wieder alleine, Frau Kuckuck. Wenn mir das Bild gefällt, kaufe ich es Ihnen ab und hänge es ins Reiterstüberl«, bot er an, wobei ich ihn zum ersten Mal unter dem dichten Schnauzbart lächeln sah.

»Tut mir leid, aber es ist ein Auftragswerk für eine Ausstellung in Italien«, erwiderte ich selbstbewusst.

Herr Harrer zog anerkennend die Augenbrauen nach oben. »Na dann. Sie können sich gerne überall umsehen und weitere Motive suchen, jetzt bin ich ja gewarnt«, meinte er großzügig, bevor er sich auf lautlosen Sohlen wieder entfernte.

Komischer Typ, auch nach unserer dritten Begegnung vermochte ich nicht zu sagen, ob mir dieser Mann sympathisch war oder nicht. Mir fiel auf, dass ich ihn noch nie in Reiterkleidung gesehen hatte. Vielleicht machte er sich nichts aus diesem Sport, obwohl er doch die besten Möglichkeiten dazu hatte. Gab es eigentlich auch eine Frau Harrer? Der Mann dürfte um die vierzig sein und war objektiv betrachtet nicht unattraktiv, obwohl mir Männer mit Schnauzbart nicht gefielen. Nun, wenn es eine Gutsherrin gab, würde ich ihr sicher früher oder später begegnen. Ich versuchte, meine Gedanken wieder auf mein Gemälde zu lenken, doch gleich darauf kam mir Herr Harrer erneut in den Sinn. Der Mann war also hobbymäßig Jäger, was schoss er denn da so? Rehe, Hasen oder vielleicht sogar einen Kuckuck? Der tote Kuckuck in meiner Biotonne war an der Unterseite voll Blut gewesen. War der arme Kerl womöglich mit einer Schusswaffe erledigt worden und doch nicht das Opfer einer Katze? Aber warum sollte mir Sepp Harrer einen toten Kuckuck als Warnung in die Biotonne werfen? Ich hatte bisher mit diesem Mann doch so gut wie nichts zu tun.

Auf einmal gefiel mir mein Bild nicht mehr. Was sollte ich auf die große freie Fläche unter den Pferden malen, wenn Salvatore keine Wiese haben wollte? Ich wusste eigentlich auch gar nicht, warum ich mich auf Tierporträts festgelegt hatte, wo es doch so viele andere Motive gab. Unentschlossen legte ich den Pinsel beiseite und drehte mich nach allen Seiten um. Ich könnte ein Gutshaus malen, oder Blumen in einem Topf, oder vielleicht eine Kutsche. Natürlich! Dass mich die verschiedenen, teilweise alten und kunstvoll verzierten Kutschen in der offenen Scheune hinter dem Stall nicht gleich inspiriert hatten! Neugierig ging ich hinüber und auf die Kutschen und Pferdeschlitten zu, die bei näherem Hinsehen in unterschiedlich gutem Zustand waren. Einige waren blitzblank geputzt und schienen regelmäßig benutzt zu werden, andere waren völlig verstaubt, mit Spinnweben bedeckt oder augenscheinlich an einigen Stellen kaputt. Die verstaubten Kutschen waren übersät mit kleinen Finger- und Fußabdrücken, natürlich war dies ein Spielparadies für Kinder. Bei einer Kutsche war der Bezug der Sitzbank so zerschlissen, dass weißes Dämmmaterial heraushing, eine andere hatte gar keine Räder mehr. Am besten gefiel mir allerdings ein uraltes geschlossenes Kutschenmodell, das mich an alte Filme erinnerte. Man konnte sich direkt vorstellen, wie die Tür aufging und eine feine Dame mit Hut und Reifrock vorsichtig über die beiden Stufen aus der Kutsche stieg.

Schnell holte ich meine Malsachen und stellte die Staffelei vor der alten Kutsche auf. Das war wahrlich ein Motiv, das man nicht überall sah. Die mir zugewandte Kutschentür schien nur angelehnt zu sein, also ging ich darauf zu, um sie ordentlich zu schließen. Die Sonne spiegelte sich auf der schmutzigen Fensterscheibe, sodass ich leicht geblendet wurde. Ich nahm den Türgriff in die Hand und wollte die Kutschentür ins Schloss drücken, aber ein weicher Widerstand verhinderte dies. Nanu, was lag denn da auf der Innenbank? Ich öffnete die Tür, um nachzusehen, und bekam einen Riesenschrecken: Der Stallbursche Marek schlief hier doch glatt seinen Rausch aus! Er lag schräg auf dem Rücken, die dreckigen Stiefel ragten vor mir über die Bank hinaus, und auf dem Kutschboden lag eine offene, leere Cognacflasche.

»Hallo, könnten Sie die Beine freundlicherweise etwas anziehen, damit ich die Tür schließen kann?«, rief ich laut in die Kutsche.

Der Mann bewegte sich nicht. Eine Gestankmischung aus Pferdemist, Schweiß und Alkohol stieg mir in die Nase, allein deswegen wollte ich die Tür möglichst schnell wieder zumachen.

»Hallo, Sie da, Sie können von mir aus ja weiterschlafen, aber ein bisschen weiter hinten«, versuchte ich es noch mal. Keine Reaktion. Obwohl es mich vor dem Mann ekelte, griff ich an sein Hosenbein, zog mehrmals heftig daran und brüllte ungehalten »Wachen Sie auf!« in die Kutsche. Da rutschte der rechte Arm des Mannes von der Bank und hing merkwürdig schlaff auf den Kutschenboden herunter. Maja, da stimmt etwas nicht, sagte ich mir. Instinktiv machte ich einen Schritt zurück und betrachtete das schmutzige, unrasierte Gesicht und den regungslosen Brustkorb des Mannes.

»Er ist tot«, flüsterte eine Stimme dicht hinter mir. Ich wusste nicht, was mich mehr erstarren ließ, der Inhalt dieses Satzes oder die Tatsache, dass Sepp Harrer schon wieder unmittelbar neben mich getreten war, ohne dass ich etwas davon bemerkt hatte. Trotz des sonnigen Tages lief mir ein eisiger Schauer den Rücken hinunter, ich wagte es kaum, mich zu bewegen. Aus den Augenwinkeln heraus nahm ich wahr, dass Sepp Harrer ebenfalls in unbeweglicher Position verharrte.

»Ich gehe ins Haus und rufe den Notarzt«, flüsterte er schließlich in die Stille, dann drehte er sich um und verschwand.

Geschockt rannte ich in Richtung Stall. Erstens wollte ich nicht allein mit dem toten Mann hier warten, und zweitens brauchte ich dringend irgendwelche Menschen um mich, die mir normal und vertrauenswürdig erschienen.

Als ich den Stall erreichte, erblickte ich in der Stallgasse zwei Reiterinnen, die sich gerade vor einer Pferdebox unterhielten.

»Bitte kommen Sie schnell, der Stallbursche liegt tot in der Kutsche!«, brüllte ich ihnen entgegen.

Die Frauen sahen sich erschrocken an und rannten sofort zusammen mit mir zurück zur Kutsche.

»Jetzt hat er sich totgesoffen«, meinte die ältere der beiden trocken.

»Wir müssen Hilfe holen!«, rief die andere aufgeregt.

»Sepp Harrer ruft gerade den Notarzt«, setzte ich sie in Kenntnis.

»Komisch, eigentlich hat er nur Wodka getrunken«, meinte die ältere Reiterin mit Blick auf die leere Cognacflasche.

»Wir sollten dafür sorgen, dass die Kinder nichts mitbekommen. Am besten geht ihr beide zu den Voltigierlehrerinnen und sagt ihnen Bescheid. Ich warte hier auf Sepp und warne alle, die zufällig vorbeikommen«, entschied die jüngere Frau.

Benommen trottete ich mit der älteren Reiterin zu den Reithallen vor.

17.

Nachdem wir die Voltigierlehrerinnen über Mareks Tod informiert hatten, meinte die ältere Reiterin zu mir: »Komm mit ins Reiterstüberl, ich setze uns erst einmal einen starken Kaffee auf. Wie heißt du eigentlich? Ich habe dich noch nie hier gesehen.«

»Ich bin Maja, ich habe erst zwei Reitstunden gehabt«, klärte ich sie auf.

»Ich bin Heidi«, meinte sie und nickte mir freundlich zu.

Der Rettungswagen fuhr mit stummem Blaulicht auf den Hof, und Heidi winkte den Fahrer energisch in die Richtung der Kutschen.

Wir betraten das leere Reiterstüberl, wo Heidi sich an der Küchenzeile hinter der Eingangstür geschäftig ans Werk machte. Da ich bisher nur ein einziges Mal kurz hier drin gewesen war, sah ich mich neugierig um. Der Raum war mit einer Couch, zwei kleinen Kommoden mit Pferde-Fachzeitschriften oben drauf und einem hölzernen Ecktisch mit dazu passenden Bänken eingerichtet. An den Wänden hingen Pferdefotos und bunte Schleifen, die den Reitern bei Turnieren angesteckt wurden, auf einem Regal standen silberne Pokale in verschiedenen Größen. Eigentlich ganz gemütlich hier, dachte ich, während ich mich an den hölzernen Tisch setzte.

»Der Marek war zwar versoffen, aber er war trotzdem ein guter Kerl. Er hat's nicht leicht gehabt im Leben«, sinnierte Heidi vor sich hin, während sie kochendes Wasser in den Filter goss.

Heidi durfte mein Alter haben, im Gegensatz zu mir schien sie jedoch nicht viel Wert auf ihr Äußeres zu legen. Ihre grauen kurzen Haare standen wirr durcheinander, und ihre Figur versteckte sie unter einem bunten Schlabber-T-Shirt.

»Hast du ein eigenes Pferd?«, wollte ich von Heidi wissen.

»Ja, zwangsweise. Meine Tochter wollte mit vierzehn unbedingt ein Pferd haben, und jetzt hat sie sich zum Studieren nach Köln abgesetzt. Dreimal darfst du raten, wer sich seitdem um Stella kümmert.«

»Konntest du schon vorher reiten?«, fragte ich weiter.

»Ich bin schon als Teenager geritten, aber natürlich hat mir Sebastian erst wieder auf die Sprünge helfen müssen. Wie findest du ihn?«

»Wen? Sebastian? Ganz okay, aber ich kenn ihn kaum. Ist er eigentlich verheiratet?«, stellte ich mich blöd.

»Das wär er wohl gerne, und zwar mit unserer Frau Doktor. Wir haben ein Tierarztpaar unter den Pferdebesitzern, das heißt, jetzt ist nur noch sie übrig, der Mann ist letzte Woche ...« Sie machte eine aufschlussreiche Geste, indem sie die rechte flache Hand quer über ihren Hals zog. »Bei uns geht's zu wie im wilden Westen«, meinte sie beiläufig, während sie zwei Kaffeebecher, Milch und Zucker auf den Tisch stellte.

»Und was ist mit Sepp Harrer, ist der verheiratet?«, schob ich nach.

»Suchst du einen Mann, Maja?«, fragte Heidi kerzengerade.

»Quatsch«, entgegnete ich, wobei mir Heidi offenbar nicht glaubte.

»Der ist geschieden, aber ich würde trotzdem die Finger von ihm lassen. Ein fürchterlich penibler Kerl. Wenn man mal kurz das Licht brennen lässt oder die Schaufel nicht an die richtige Stelle zurücklegt, flippt der gleich aus.«

Heidi goss dampfenden Kaffee in unsere Tassen. »Wie bist du zum Reiten gekommen?«, wollte sie wissen.

»Man hat mir zum Geburtstag einen Zehnerblock Reitstunden geschenkt. Petra Nagel meinte, es würde meinem Kreuz guttun«, lenkte ich das Thema in die von mir gewünschte Richtung.

»Ach du großer Gott!«, entfuhr es Heidi. »Petra Nagel! Bist

du etwa mit der befreundet? Na, ich will ja nichts sagen, aber wenn es eine Klapse für Pferde gäbe, wäre ihres das Erste, das aufgenommen werden müsste.«

»Das Pferd mag ja verrückt sein, aber Petra selber ist doch eine nette Person«, erwiderte ich verwundert.

»Wenn man mal davon absieht, dass ihr verrücktes Ross ihr Ein und Alles ist, vielleicht. Ich frage mich, wie sie es auf dieser Reise zwei Wochen lang ohne Saba aushalten will. Wetten, dass sie eher zurückkommt?«

Diese Vermutung teilte ich ganz und gar nicht.

»Kannst du dir vorstellen, dass Petra einen Chinesen kennenlernt und in China bleibt?«, testete ich Heidis Meinung.

»Niemals. Kein Mann könnte bei Petra den Stellenwert von Saba erreichen, das kannst du mir glauben.«

Heidis Aussage über Petra war Wasser auf meinen Mühlen. Die Affäre mit Felix wäre demnach für Petra niemals so wichtig gewesen wie Saba. Aber wie passte das alles zu dem angeblichen Mordgeständnis mit anschließender Flucht?

Die Tür ging auf und Sepp Harrer schaute ins Reiterstüberl herein.

»Kommissar Herrmanns möchte Sie sprechen«, eröffnete er mir. Na, da kommt Freude auf, dachte ich. Was machte denn der Kommissar hier, wenn sich jemand zu Tode gesoffen hatte?

Schweigend ging ich mit Sepp Harrer zu den Kutschen. Zu meiner Überraschung waren dort die Herren der Spurensicherung mit ihren weißen Anzügen zugange. Wurde Marek etwa ermordet?

»Ausgerechnet Sie haben also den toten Stallburschen hier gefunden, Frau Kuckuck«, begrüßte mich Kommissar Herrmanns unfreundlich.

»So ist es, Herr Kommissar, ob es Ihnen passt oder nicht.«

»Ich möchte mich mit Frau Kuckuck gerne alleine unterhalten«, sagte Herrmanns an Sepp Harrer gerichtet, der sich widerwillig ein paar Meter entfernte.

Detailgetreu berichtete ich dem Kommissar, wie ich den toten Marek aufgefunden und Sepp Harrer plötzlich hinter mir gestanden hatte.

»Frau Kuckuck, dass Ihnen der Chor Reitstunden geschenkt hat, ist mir bekannt, aber jetzt verraten Sie mir bitte eines: Warum schnüffeln Sie außerhalb Ihrer Unterrichtszeiten hier auf dem Reiterhof herum und geben vor, eine berühmte Malerin zu sein?« Kommissar Herrmanns Augen durchbohrten mich argwöhnisch. »Sie können mir doch nicht erzählen, dass Sie sich für den lächerlichen Bienenschwarm auf ihrem Blatt extra hier aufstellen mussten.«

Kunstbanause! Ohne auf diese Beleidigung einzugehen, drehte ich den Spieß um und fragte: »Warum interessiert Sie das eigentlich alles? Der Stallbursche wurde doch nicht etwa ermordet, oder doch?«

Kommissar Herrmanns kleiner quadratischer Kollege alias Oliver Hardy, der während unseres Gesprächs neben mir gestanden hatte, erklärte mir den Sachverhalt: »Bei einer ungeklärten Todesursache miaß ma imma kumma.«

»Kannten Sie den Mann persönlich?«, fuhr Kommissar Herrmanns mit der Befragung fort.

»Nur flüchtig«, räumte ich ein, mein dämliches Verhalten bei Saba ging den Kommissar nichts an. »Es war jedenfalls kein Geheimnis, dass dieser Marek gerne einen über den Durst getrunken hat. Gestern hatte ich einen Reitunfall, und es ist gut möglich, dass der Zwischenfall auf die Trunkenheit dieses Stallburschen zurückzuführen ist.«

Kommissar Herrmanns und sein Kollege hörten gespannt, was ich ihnen zum gestrigen Vorfall erzählte.

»So, so, Frau Kuckuck, dann war der Mann also unzuverlässig?«, wollte der Kommissar nochmals bestätigt wissen.

»Wenn er es war, der die Tür von Ivan offen gelassen hat, ja«, bemerkte ich geheimnisvoll.

»Was soll das heißen, *wenn er es war*?«, explodierte der Kommissar plötzlich lautstark. Sofort hatte er seine Stimme wieder im Griff und kniff böse die Augen zusammen. »Jetzt weiß ich, was Sie hier umtreibt. Sie glauben, dass jemand die

Box dieses Pferdes absichtlich geöffnet hat, um Sie zu gefährden, stimmt's? Und jetzt sind Sie hergekommen, um Ihren Sherlock-Holmes-Trieb zu befriedigen. Sie haben offensichtlich immer noch nicht verstanden, Frau Kuckuck, dass ich Ihre Detektivspielchen im Gegensatz zu meinem geschätzten Vorgänger nicht dulde, weder hier noch anderswo. Sie behindern die Arbeit der Polizei.«

Obwohl die Stimme des Kommissars leise war, verriet seine Sprachmelodie höchste Wut. Pah, und Doris hatte gemeint, ich solle mich diesem Wichtigtuer anvertrauen. Der Herr Gesetzeshüter beschimpfte mich ja sogar noch, wenn ich ihm von einem möglichen Anschlag auf mich berichtete! Ohne ein Wort der Verabschiedung packte ich meine Malutensilien zusammen und marschierte zu meinem Auto. Jetzt hatte ich die Nase endgültig voll. Kommissar Herrmanns würde in Zukunft nicht mehr mit meiner Kooperation in Verbrechens-Angelegenheiten rechnen können. Außerdem würde ich mich bei Theo über das unglaubliche Verhalten seines Nachfolgers beschweren.

Ich lag grübelnd im Bett, die hereinfallende Morgensonne vermochte meine Laune auch nicht anzuheben. In meinem Leben lief so einiges schief im Moment. Herr Thurgau war gestern Abend wieder nicht in die Weinstube gekommen, um mich um Verzeihung zu bitten. Langsam musste ich wohl damit rechnen, dass er es mit meinem Rausschmiss aus dem Chor ernst gemeint hatte. Dabei war dieser Chor doch mein halbes Leben, nicht nur in gesellschaftlicher Hinsicht, sondern auch musikalisch. Jahrzehntelang hatte ich meine Führungsposition im Alt mit zuverlässiger Leistung und viel Ehrgeiz verteidigt, sollte das alles umsonst gewesen sein? Ich konnte mir doch in meinem Alter keinen neuen Chor mehr suchen. Bis ich es dort zu etwas gebracht haben würde, wäre ich bestimmt schon scheintot. Was meine Ambitionen als Malerin anging, hatte ich bisher nur dumme Kommentare geerntet. Nicht gerade aufmunternd. Außerdem hatte mir jemand einen toten Chorkollegen und einen ebenso toten Kuckuck in die Biotonne geworfen, das war auch nicht sehr nett. Gestern hätte ich mir fast das Genick gebrochen, und dieser fiese Kommissar Herrmanns hatte nichts Besseres zu tun, als auf mich einzuschimpfen. Deprimiert zog ich die Decke über meinen Kopf, am liebsten wäre ich den ganzen Tag im Bett liegen geblieben.

Maja, steh auf und gönn dir die beigefarbenen Sandaletten mit dem geflochtenen Keilabsatz im Schaufenster vom »Stilhaus«, flüsterte meine innere Stimme. Gegen meine innere Stimme hatte ich keine Chance, ich musste tun, was sie wollte. Also erhob ich mich schließlich doch aus den Federn und ging ins Bad. Unter der Dusche stehend dachte ich an Marek. Ob er tatsächlich ermordet worden war? Aber weswegen sollte jemand einen polnischen Stallburschen umbringen, dessen Geist die meiste Zeit vom Alkohol umnebelt war? Heidi fand es ganz offensichtlich merkwürdig, dass neben Marek eine leere Cognacflasche gelegen hatte, obwohl er normalerweise nur Wodka getrunken hatte. Vielleicht hatte ihm jemand den Cognac geschenkt. Dass ein Mann, der reichlich Wodka trank, gleich das Zeitliche segnete, bloß weil er auf Cognac umgestiegen war, erschien mir jedoch ungewöhnlich. Ob der Inhalt der Flasche vergiftet gewesen war? Die Herren vom Polizeilabor hatten das bestimmt längst herausgefunden.

Ich stieg aus der Dusche, wickelte ein Handtuch um meine nassen Haare und schlang mir ein weiteres um den Körper, dann holte ich das Telefon und wählte die Nummer der Familie Scheffel.

»Hallo«, knurrte Theo am anderen Ende der Leitung.

»Guten Morgen, Theo, habt ihr schon gefrühstückt?«, fragte ich mit lieblicher Stimme.

»Nein, die Wurst ist aus, Ruth muss erst zum Metzger. Warum?«, brummte er unausgeschlafen.

»Was hältst du davon, wenn wir drei uns stattdessen im ›Café Tratsch‹ treffen, uns auf den Balkon setzen und bei dem schönen Wetter mit Blick auf den Markt gemeinsam frühstücken?«, schlug ich vor.

»Wie, einfach so, mitten unter der Woche?«, fragte er etwas begriffsstutzig.

»Theo, du bist in Pension, gönn dir doch mal was«, forderte ich ihn auf.

»Ruth!«, brüllte Theo vom Telefonhörer weg. »Maja ist dran.«

Meine Chorkollegin nahm den Vorschlag sofort begeistert auf. Sie liebte es, die Leute auf dem Wochenmarkt zu beobachten und hie und da einen Gesprächsfetzen aufzufangen, der ihre Phantasie beflügelte.

Da Ruth noch nicht im Bad gewesen war, verabredeten wir uns um zehn Uhr. Es blieb mir vorher also noch genügend Zeit, meine neuen Sandaletten zu erstehen.

Bereits im farblich zu meinen neuen Schuhen passenden Kleid machte ich mich auf in die Amtsgerichtsgasse und kaufte die noblen Treter im Schuhladen Stilhaus, den ich möglichst schnell wieder verließ. Für meine Finanzen war ein längerer Aufenthalt in so einem Eldorado für Schuhverrückte zu gefährlich.

Kaum hatte ich die superschicken Riemchensandaletten an den Füßen, war mein Gemütszustand wieder im Gleichgewicht. Entspannt schlenderte ich durch den schön angelegten Amtsgerichtsgarten in Richtung Marienplatz und erfreute mich an dem Gezwitscher der Vögel. Der öffentlich zugängliche Amtsgerichtsgarten mit seinen lauschigen Ecken wurde zu jeder Tageszeit gerne von Liebespaaren aufgesucht, die sich hier zum Tête-à-Tête trafen. Auf einer Bank ein paar Meter weiter vorne saß eine mir mit dem Rücken zugewandte Frau, die vertraut mit einem älteren Herrn sprach. Als ich ihr Profil erkannte, drehte ich mich schlagartig um und verschwand hinter einem großen Strauch, damit ich nicht gesehen werden konnte. War das zu glauben? Meine gleichaltrige Chorkollegin Thea traf sich zum Schäferstündchen im Amtsgerichtsgarten! Der Mann der bei ihr war, hatte in etwa unser Alter, sein gebräuntes Gesicht wirkte sorgenvoll. Hatten die beiden Stress miteinander? Wie war es Thea nur gelungen, uns eine Liebesbeziehung zu verheimlichen? Ich freute mich schon darauf, diese brandheiße Neuigkeit an Ruth weiterzugeben, die würde Augen machen. Der Mann schüttelte jetzt resignierend den Kopf, und Thea klopfte ihm mitfühlend auf die rechte Hand, die auf seinem Oberschenkel ruhte. Diese Vertrautheit war für mich der Startschuss. Ich eilte im Sauseschritt auf die beiden zu und rief: »Hallo, Thea, beinahe hätte ich dich nicht gesehen!«

Thea erschrak und brauchte einige Sekunden, um sich von ihrem Schatzi auf mich umzustellen.

»Hallo, Maja, was machst du denn hier?«, fragte sie irritiert.

»Ich gehe hier durch«, fasste ich mich kurz. »Willst du mich nicht vorstellen?«, verlangte ich mit Blick auf den Herrn.

»Natürlich«, erwiderte Thea sofort, und der Mann stand auf und gab mir seine raue Hand. »Das ist mein Bruder Bernhard, wir haben gerade unsere Mutter im Pflegeheim besucht, es geht ihr nicht besonders gut.«

Na, da war ich wohl gewaltig auf dem Holzweg gewesen.

»Das tut mir sehr leid, du hast mir ja erzählt, dass sie schwer abgebaut hat, seit ihr Dackel eingeschläfert werden musste.«

»Thea, ich muss weiter«, unterbrach Bernhard das Gespräch, »nett, Sie kennengelernt zu haben«, sagte er zu mir.

Thea stand auf, die beiden umarmten sich kurz, und Bernhard marschierte in Richtung Ausgang.

»Komisch, dass ich deinen Bruder noch nie gesehen habe, so groß ist Freising ja auch nicht«, meinte ich zu Thea.

»Er wohnt nicht in Freising, er hat doch den Hof unserer Eltern übernommen. Als Landwirt hat er es nicht leicht in diesen Zeiten, und dann noch die Probleme mit unserer Mutter«, seufzte Thea. »Maja, ich bin auch spät dran, ich habe gleich einen Zahnarzttermin. Sag mir nur schnell, ob sich der Thurgau inzwischen bei dir gemeldet hat«, wollte sie wissen.

»Nein«, antwortete ich kleinlaut.

»Jetzt übertreibt er aber wirklich«, kommentierte Thea das Verhalten unseres Chorleiters, dann verabschiedete sie sich von mir.

Etwas enttäuscht, dass die vermeintliche Sensation gar keine war, trottete ich weiter zum »Café Tratsch«.

18.

Da ich etwas früh dran war, schlenderte ich über den Wochenmarkt und überlegte, ob ich noch irgendetwas Frisches mitnehmen sollte. Als ich die Ware am langen Gemüsestand vor der Sperrer-Bank begutachtete, bemerkte ich, dass sich ein paar Schritte neben mir gleich zwei Verkäuferinnen um ein und dieselbe Kundschaft bemühten.

»Also, jetzt noch mal von vorne, Herr Oberbürgermeister. Ihre Frau hat gesagt, Sie sollen frisches Basilikum mitbringen«, wiederholte die Verkäuferin beflissen.

»Genau, frisches Basilikum, aber doch keinen ganzen Blumentopf«, entgegnete unser OB Bergnagel widerspenstig.

»Aber Herr Oberbürgermeister«, mischte sich die andere Verkäuferin wieder ein, »Ihre Frau hat bestimmt einen Basilikumstock gemeint, wir verkaufen die Blätter nicht lose.«

»Das sollten Sie aber, wenn ich einen Apfel will, muss ich ja auch nicht den ganzen Baum nehmen«, belehrte OB Bergnagel sie. Gehetzt blickte er auf seine Armbanduhr. »Gleich fängt die nächste Sitzung an, wir müssen jetzt eine Lösung finden.«

»Warum rufen Sie Ihre Frau nicht einfach an, Herr Oberbürgermeister?«, schaltete sich ein weiterer Verkäufer in die Diskussion ein.

»Weil sie gerade beim Friseur sitzt«, erklärte der OB.

Ohne den Ausgang dieses Konfliktes abzuwarten, bummelte ich weiter zum Geflügelstand, weil mir einfiel, dass ich ein paar frische Eier mitnehmen könnte. Ich reihte mich in die Schlange ein und hörte zufällig ein Gespräch mit, das zwei aufgeregte Damen vor mir führten.

»Meine Putzfrau macht seit fünf Jahren in der Wohnung sauber, und letzte Woche sagt diese unfreundliche Schwester einfach so zu ihr, dass sie ab jetzt nicht mehr kommen soll. Na schön, hat meine Putzfrau gesagt, dann kommt sie eben erst wieder, wenn die Petra Nagel aus dem Urlaub zurück ist. Und was glaubst du, was diese Nagel-Schwester darauf gesagt hat?«

»Na, was denn?«, drängte die andere Frau.

»Sie hat gesagt, dass ihre Schwester nie wieder zurückkommen wird. Wie, nie wieder, hat meine Putzfrau nachgefragt, sie ist doch nicht etwa gestorben?«

»Was, die Petra Nagel ist tot?«, rief die Frau, die vor den beiden Damen in der Reihe angestanden und sich nun umgedreht hatte.

Die Damen bildeten jetzt ein Dreiergrüppchen, und die Erzählerin fuhr fort: »Das ist es ja, keiner weiß, ob sie gestorben ist oder nicht. Die Nagel-Schwester hat eiskalt zu meiner Putzfrau gesagt, sie solle nicht so neugierig sein. Da bleibt einem doch die Spucke weg, oder? Wenn Sie mich fragen, stimmt da irgendwas nicht.«

Ich verwarf die Absicht, Eier zu kaufen, und ging nachdenklich zum »Café Tratsch« vor. Es gab also noch mehr Leute, die den Verdacht hegten, dass es bei den Nagels nicht mit rechten Dingen zuging. Ob ich Theo vielleicht doch noch zu einem gemeinsamen Besuch im Bestattungsunternehmen bewegen konnte?

Eine Viertelstunde später als verabredet trudelten die Scheffels im Café ein und setzten sich zu mir an den Tisch auf dem Balkon.

»Ruth wollte unbedingt, dass wir zu Fuß gehen«, knurrte Theo etwas außer Atem.

»Nur weil es ihm guttut«, begründete Ruth ihre Entscheidung. »Also, was gibt es Neues, meine Liebe?«, wollte sie sofort von mir wissen.

»Ich möchte ein Frühstück haben und eine Zeitung«, erstickte Theo den Ansatz einer Unterhaltung. Ich stand auf und holte ihm mehrere Zeitungen und ein paar Zeitschriften aus dem Lesezirkel. Damit würde er hoffentlich ein Weilchen beschäftigt sein, sodass ich mich erst einmal ungestört mit Ruth austauschen konnte. Wir bestellten jeder ein großes Frühstück und warteten bei lockerem Smalltalk, bis das leckere Essen serviert wurde und sich Theo ganz der Nahrungsaufnahme und seiner Zeitung widmen konnte. Dann berichtete ich Ruth in allen Einzelheiten von dem toten Kuckuck in meiner Biotonne, von meinem Reitunfall, von meiner Entdeckung des toten Marek in der Kutsche und vom flegelhaften Verhalten Kommissar Herrmanns. Obwohl von Theo hinter seiner Zeitung nichts zu sehen war, wusste ich, dass er mindestens mit einem Ohr zuhörte. Das gelegentliche Aufstöhnen an bestimmten Stellen meiner Ausführungen ließ keinen Zweifel daran.

Zu guter Letzt gab ich auch noch das Gespräch wieder, das ich soeben vor dem Geflügelstand belauscht hatte.

»Findest du nicht, Ruth, dass man dieser Iris Nagel noch mal auf den Zahn fühlen sollte?«, fragte ich meine höchst interessierte Chorkollegin, bevor ich in ein Croissant biss.

Theo Scheffel schlug mit einem dumpfen Knall die Zeitung zu und legte sie beiseite.

»Jetzt hör mir mal gut zu, Maja«, wandte er sich in ernstem Ton an mich. »Wenn du dich meinem Nachfolger nicht anvertraust, kannst du ihm hinterher nicht vorwerfen, dass er dich unangemessen behandelt hat. Du hättest ihm die Sache mit dem Kuckuck und dem Reitunfall sofort melden müssen, dann hätte er sich darum gekümmert. Er weiß, wie man diese Dinge bewerten muss.«

»Du hast ja gehört, wie er sie bewertet hat«, schoss ich zurück.

»Weil er just in diesem Moment mit einem weiteren Mordfall konfrontiert war, da spielt ein ausgebrochenes Pferd eben eine untergeordnete Rolle«, verteidigte Theo seinen ehemaligen Kollegen.

»Er wurde also tatsächlich vergiftet?«, fragte ich sofort nach.

»Das habe ich nicht gesagt«, rief Theo grantig.

Ich ließ nicht locker. »Der Mann ist aber an dem Inhalt der Cognacflasche gestorben, oder etwa nicht?«

»Du weißt genau, Maja, dass ich dazu nichts sagen kann«, schloss Theo das Thema ab, bevor er wieder zur Zeitung griff und sich darin vertiefte.

Ruth grinste mich an. Theo hatte entgegen seiner Absicht etwas zu viel geplaudert.

»Und was machen wir jetzt mit Iris Nagel?«, lockte ich Theo erneut hinter seiner Zeitung hervor.

»Was sollen wir denn mit ihr machen?« Er lugte am Sportteil vorbei. »Soll ich da etwa reingehen und Frau Nagel fragen, ob sie freundlicherweise mal alle Särge in ihrem Laden öffnen könnte, weil wir ihre Schwester suchen? Maja, ich bin im Ruhestand und habe beschlossen, mich nicht mehr aufzuregen, das ist schlecht für meinen Blutdruck, Punkt, aus.«

Ruth gab mir einen Tritt unter dem Tisch und zwinkerte verschwörerisch. Ich wusste nicht, was sie vorhatte, aber mir war klar, dass die Sache hinter dem Rücken von Theo vonstattengehen sollte. Also plauderten wir noch ein Weilchen über den durchgeknallten Herrn Thurgau und genossen die Aussicht auf das bunte Markttreiben unterhalb des Balkons.

Gegen halb zwölf fragte Ruth ihren Göttergatten, ob es ihm was ausmache, wenn er alleine nach Hause ginge, sie würde gerne noch ihr Kostüm aus der Reinigung in der Johannisstraße holen. Theo willigte ein und meinte, er würde nur noch den Sportteil zu Ende lesen und dann ebenfalls aufbrechen. Natürlich wussten sowohl Ruth als auch ich, dass er nur darauf wartete, sich heimlich ein Taxi nach Hause nehmen zu können.

Wir überquerten den immer noch gut bevölkerten Marienplatz und bogen in die Obere Hauptstraße ein.

»Ich gehe jetzt mit dir zu dieser Iris Nagel und nehme die Dame mal genauer unter die Lupe«, eröffnete mir Ruth ihren Plan. »Wir sagen, dass ich eine Freundin von dir bin und dass sich meine alte Nachbarin für die Kosten einer Feuerbestattung interessiert.« Ruths Vorhaben stand bombenfest.

»Und was ist, wenn dein Mann dahinterkommt?«, wollte ich wissen. Schließlich wollte ich nicht Schuld an einem Ehekrach im Hause Scheffel sein.

»Dann werde ich ihm selbstverständlich sagen, dass es meine eigene Idee war«, beruhigte sie mich.

Wir erreichten das Bestattungsunternehmen in der Bahnhofstraße und fanden ein Schild an der gläsernen Tür vor, auf dem »Komme gleich wieder« stand.

»Dann warten wir eben«, schlug Ruth entschlossen vor und drückte gleichzeitig die Klinke der Geschäftstür nach unten. Zu unserer Überraschung hatte Iris nicht abgesperrt. Bestattungsutensilien gehörten wohl nicht zur bevorzugten Beute von Ladendieben.

»Besser geht's nicht!«, rief Ruth begeistert, nachdem wir das Geschäft betreten hatten. Sofort stöckelte sie in den Ausstellungsraum, der sich ans Beratungszimmer anschloss. Hier waren verschiedene Särge in mehreren Farben und Qualitäten aufgebaut, es gab einen kleinen Tisch mit Stoffmustern für die Innenbespannung der Särge und ein großes Regal mit weißen Spitzenhemden, Rosenkränzen, Kissenbezügen und anderem Bestattungszubehör. An der Wand gegenüber der Tür waren verschiedene Urnen in einem offenen Schrank ausgestellt, die Fußballurne war auch dabei. Ruth zögerte nicht und riss sofort den ersten Sargdeckel in die Höhe.

»Mensch, Ruth«, erläuterte ich ihr kopfschüttelnd, »das da sind leere Holzkisten, sonst nichts. Hier kannst du doch keine Leiche verstecken, denk doch mal an die Temperatur hier drinnen.«

»Natürlich, wir müssen in den Raum mit den Kühlschränken«, pflichtete sie mir bei. Es gab nur eine weitere Tür, die vom Ausstellungsraum in einen anderen Raum führte, sie war jedoch abgeschlossen.

»Mist!«, rief Ruth. »So eine Gelegenheit bekommen wir nie wieder!«

Plötzlich kam mir in den Sinn, dass wir womöglich doch nicht allein hier waren. Vielleicht hatten hinter der verschlossenen Tür arbeitende Bestatter uns längst gehört und die Polizei informiert.

»Ruth, lass uns schnell verschwinden«, riet ich eindringlich, zumal von draußen Stimmen zu hören waren.

»Wir setzen uns einfach an den großen Tisch und sagen ihr, dass wir auf sie gewartet haben«, entschied Ruth seelenruhig.

Als wir in das Beratungszimmer zurückgehen wollten, blieb ich wie angewurzelt im Türrahmen stehen. Es traf mich schier der Schlag: Kommissar Herrmanns stand mit seinem quadratischen Kollegen draußen vor der Tür und wartete offensichtlich auf die Rückkehr von Iris Nagel, die dahinter gerade die Straße überquerte.

»Verdammt, jetzt wird's brenzlig«, stammelte Ruth nervös.

»Wenn der mich hier sieht, ist der Teufel los. Komm mit und hilf mir!«, forderte ich Ruth auf. Von Panik getrieben, kletterte ich in den hölzernen Sarg, den Ruth vorhin geöffnet hatte, und legte mich mitsamt Handtasche und Schuhtüte flach hinein. Ruth machte fluchend den Deckel zu und ging zurück in das Beratungszimmer.

19.

Wenige Sekunden später hörte ich, wie die Herren Kommissare zusammen mit Iris Nagel das Geschäft betraten. Das Holz dämpfte zwar die Geräusche, die von außen kamen, trotzdem konnte ich alles verstehen.

»Oh, wie sind Sie denn hier hereingekommen?«, erklang die Stimme von Iris.

»Durch die Tür«, antwortete Ruth frech. »Ich habe auf Sie gewartet. Na so ein Zufall, Herr Herrmanns, dass wir uns ausgerechnet in einem Bestattungsunternehmen treffen«, nahm sie dem ehemaligen Kollegen ihres Mannes sogleich den Wind aus den Segeln.

»In der Tat, Frau Scheffel«, entgegnete Kommissar Herrmanns gepresst.

»Haben Sie einen Todesfall zu beklagen?«, informierte sich Iris Nagel bei Ruth.

»Nein, nein, ich wollte nur einige finanzielle Auskünfte über eine Feuerbestattung einholen, meine alte Nachbarin ist nicht mehr so gut zu Fuß und hat mich gebeten …«

»Frau Scheffel, würde es Ihnen etwas ausmachen, wenn Sie später noch einmal vorbeischauen? Wir müssen mit Frau Nagel sprechen«, wurde Ruth vom Kommissar unterbrochen.

»Natürlich, kein Problem, also dann bis später, Frau Nagel«, verabschiedete sich Ruth höflich.

Schlagartig wurde mir bewusst, was das für eine Schnapsidee von mir gewesen war, mich ausgerechnet in einem Sarg zu verstecken. Wie sollte ich hier jemals unbemerkt wieder herauskommen? Es war stockfinster um mich herum. Gott sei Dank hatte ich keine Probleme mit Klaustrophobie. Da dieser Sarg als Ausstellungsstück bereits über eine Innenausstattung verfügte, musste ich wenigstens nicht auf dem nackten Holz liegen. Wenn nur die Luft nicht so stickig gewesen wäre.

»Ich habe gehört, dass Sie sich in den letzten Tagen mehrmals auf Gut Frieding aufgehalten haben, Frau Nagel«, stellte Kommissar Herrmanns in hinterlistigem Ton fest.

»Das ist richtig, ich möchte das Pferd meiner Schwester an mich gewöhnen. Oder sagen wir, ich möchte es zumindest versuchen.«

»Und gestern waren Sie ebenfalls dort?«, erkundigte sich der Kommissar weiter.

»Ja, das war ich, und um die Antwort auf Ihre nächste Frage gleich vorwegzunehmen: Ich habe keine Beobachtungen gemacht, die in Zusammenhang mit dem Tod dieses Stallburschen stehen könnten. Natürlich haben gestern Abend alle Leute auf dem Reiterhof über die traurige Sache gesprochen, daher bin ich auch darüber informiert.«

Ich hörte das Hüsteln einer Männerstimme.

»Hat sich Ihre Schwester mittlerweile noch mal bei Ihnen gemeldet, Frau Nagel?«, bohrte Kommissar Herrmanns.

»Nein, hat sie nicht«, antwortete Iris mit Nachdruck.

»Und wenn ich Ihnen das nicht glaube, Frau Nagel?«

Ich strengte meine Ohren an, so gut es ging, jetzt wurde es spannend. Aber weshalb hörte ich nichts? Sprach Iris auf einmal so leise oder schwieg sie?

Nach mindestens einer halben Minute hörte ich endlich ihre Stimme.

»Ich verstehe, dass Sie das nicht glauben. Aber was wollen Sie denn von mir hören? Stellen Sie sich vor, Ihr Bruder würde Sie anrufen und Ihnen erzählen, dass er auf der Flucht ist, weil er jemanden umgebracht hat. Sie wären zunächst einmal schockiert, aber letztendlich würden Sie doch auch nicht wollen, dass Ihr Bruder ins Gefängnis wandert, oder?«

»Erstens habe ich keinen Bruder, und zweitens glich das soeben einem Eingeständnis, dass Sie Ihre Schwester decken. Geben Sie zu, dass Sie ihren Aufenthaltsort kennen, Frau Nagel?«

»Na schön, ich gebe zu, dass sie mir gesagt hat, wo sie ist«, rief Iris genervt. Na so was, Iris schien sich von Kommissar Herrmanns Verhörmethoden tatsächlich einschüchtern zu lassen.

»Geben Sie zu, Frau Nagel, dass Ihre Schwester bei Ihren Eltern in der Türkei untergetaucht ist, und verraten Sie uns endlich den genauen Standort dieses Ferienhauses! Ich glaube Ihnen nämlich auch nicht, dass Sie die Adresse Ihrer Eltern nicht kennen und nicht einmal wissen, wie sie telefonisch zu erreichen sind.« Kommissar Herrmanns Stimme klang erzürnt.

»Ha, das ist der letzte Ort, den Petra aufsuchen würde, das garantiere ich Ihnen! Außerdem handelt es sich auch nicht um unsere Eltern, sondern nur noch um unseren Vater und um dessen neue Frau. Dieses verwöhnte Prinzesschen war sich zu fein für ein Bestattungsunternehmen, also hat mein Vater alles verkauft, was mein Großvater für ihn und für uns Enkelkinder aufgebaut hatte, und dann hat er das Geld mit dieser Frau verprasst. Er hat weder meiner Schwester noch mir die Chance gegeben, das Familienunternehmen weiterzuführen. Sie können sicher nachvollziehen, dass wir darüber nicht sehr glücklich waren und nach dieser Sache den Kontakt zu unserem Vater abgebrochen haben. Ich weiß nicht, wo dieses Ferienhaus ist, und es interessiert mich auch überhaupt nicht!«, rief Iris Nagel aufgebracht.

So aufregend die Geschichten um die Nagel-Familie auch waren, langsam wünschte ich mir nichts sehnlicher, als mein Gefängnis wieder verlassen zu können. Die Luft war unerträglich stickig geworden, und die Temperatur in dem engen Sarg wurde durch meine eigene Körpertemperatur noch weiter aufgeheizt.

Nach einer Weile hörte ich Iris mit so schwacher Stimme sprechen, dass ich Mühe hatte, sie zu verstehen.

»Der Anruf meiner Schwester kam aus Alicante in Spanien, sie ist getrampt und hat sich dort kurz ein Handy ausgeliehen. Sie wollte mit dem Schiff nach Algerien übersetzen, mehr weiß ich nicht.«

»Na sehen Sie, jetzt ist Ihnen bestimmt wohler«, quittierte

Kommissar Herrmanns das Ergebnis seiner Befragung. »Falls Ihre Schwester wieder anrufen sollte …«

»Sie können mich nicht zwingen, meine eigene Schwester zu verraten!«, unterbrach Iris harsch die Worte des Kommissars.

»Frau Nagel«, redete der Kommissar auf sie ein, »da wir beide nicht wissen, warum Ihre Schwester Herrn Kirschbaum erschossen hat, könnte es doch sein, dass die Tatumstände zu einer Strafmilderung führen würden. Wäre es für Ihre Schwester nicht besser, sich zu stellen, als ein Leben lang auf der Flucht zu sein?«

»Das ist die Entscheidung meiner Schwester«, kommentierte Iris den Vorschlag des Kommissars.

Langsam hatte ich das Gefühl, dass mir vor Sauerstoffmangel schlecht wurde, ich musste dringend frische Luft schnappen. Vorsichtig drückte ich von unten gegen den Sargdeckel, bis sich ein kleiner Spalt öffnete, der Licht und Frischluft hereinließ. Ach, tat das gut. Wie kurz vorm Ersticken sog ich den unverbrauchten Sauerstoff in meine Lunge.

»Denken Sie bitte über das nach, was ich soeben gesagt habe, Frau Nagel«, hörte ich die Stimme des Kommissars erheblich lauter als vorhin. Stuhlbeine wurden auf dem Teppichboden verschoben, und die Herren von der Polizei verabschiedeten sich.

Langsam senkte ich meine Arme und ließ den Sargdeckel sanft wieder zuklappen. Der Kommissar ging also nach wie vor davon aus, dass Petra Felix erschossen hatte und nun auf der Flucht war. Zugegebenermaßen hielt ich diese Möglichkeit auch nicht mehr für ausgeschlossen, Iris hatte sehr glaubwürdig geklungen. Mensch, Maja, schimpfte ich mit mir selbst, hättest du dich nicht in diese absurde Schwestern-Mordtheorie verrannt, wärst du jetzt nicht in dieser bescheuerten Lage. Hoffentlich tauchte Ruth möglichst bald mit einem Fluchtplan hier auf. Ich hätte sogar Verständnis dafür, wenn sie Theo die ganze Angelegenheit beichten und er mir eine riesengroße Standpauke halten würde. Hauptsache, die beiden befreiten mich aus dieser Situation, ohne dass Iris Nagel und der Kommissar etwas davon mitbekamen.

Als ich Schritte und ein Flüstern ganz in meiner Nähe hörte, hielt ich erschrocken die Luft an. Iris telefonierte leise im Ausstellungsraum. Verdammt, ich konnte nichts verstehen, also hob ich vorsichtig den Sargdeckel etwas an.

»Nein, er hat keine Ahnung«, sagte sie mit gedeckter Stimme, danach folgte eine kurze Pause.

»Natürlich, aber da kommt er nicht drauf. Ich mache mir mehr Sorgen wegen der Kuckuck«, sagte sie leise.

Ich zuckte zusammen. Meinte sie etwa mich?

»Zäher als man glaubt«, murmelte Iris ins Telefon. Nach einer weiteren Pause sagte sie »Okay, ciao«, und legte auf.

Was sollte man davon halten? Da hatte ich noch vor zwei Minuten meine Meinung über Iris Nagel revidiert, und nun wurde ich Zeuge dieses mysteriösen Telefonats. Iris' Schritte kamen näher, und ich ließ den Sargdeckel etwas zu schnell nach unten gleiten. Ein leises Knackgeräusch war die akustische Quittung für diese schreckhafte Handlung.

Stille. Ich wagte kaum zu atmen. Hatte Iris etwas gemerkt? Nichts tat sich, aber ich hatte sie auch nicht weggehen hören. Schweiß bildete sich auf meiner Stirn. Ich fühlte instinktiv, dass sie noch in meiner Nähe war, und tatsächlich ging mit einem heftigen Ruck der Sargdeckel auf, und Iris Nagel stand über mir.

»Grüß Gott, Frau Nagel«, sagte ich reflexartig, weil mir ad hoc nichts Besseres einfiel.

Sie starrte mit aufgerissenen Augen und offenem Mund auf mich herunter. Obwohl ihre Haut mit Make-up bedeckt war, konnte man deutlich erkennen, dass sich ihre Gesichtsfarbe verdunkelte.

»Was … wie …«, begann sie nach Luft schnappend.

Die Geschäftstür ging auf, und Ruth rief: »Hallo, ist jemand da?«

Da Iris Nagel nicht antwortete, stöckelte Ruth schnurstracks zum Ausstellungsraum und blieb abrupt stehen, als sie die Situation erfasste.

»Diese Frau hat sich in einem Sarg versteckt, um mich auszuspionieren«, sagte Iris Nagel mit mühsam unterdrückter Wut zu Ruth. »Ich wünsche eine Erklärung, Frau Kuckuck.«

Da ich wirklich nicht wusste, was ich sagen sollte, hielt ich lieber den Mund, die Sache war auch so peinlich genug. Ruth stand wie versteinert da und überlegte wohl fieberhaft, wie sie mir helfen könnte.

»Vielleicht ist ihr schlecht geworden, und dann hat sie sich kurz hingelegt«, war schließlich ihr selten dämlicher Beitrag zur Aufklärung der Situation.

»Verlassen Sie sofort mein Geschäft!«, brüllte mir Iris ins Gesicht. »Das wird ein Nachspiel haben, Frau Kuckuck, da können Sie sicher sein!«

Unbeholfen kletterte ich mit meiner Handtasche und der Schuhtüte aus dem Sarg und lief mit schnellen Schritten auf die Straße hinaus. So ein Mist, das hätte nicht passieren dürfen. Stinksauer auf mich selbst ging ich ein paar Meter Richtung Innenstadt und wartete dort auf Ruth, die ja auch irgendwann wieder aus dem Geschäft herauskommen musste. Ob Iris Nagel den Vorfall Kommissar Herrmanns melden würde? Das wäre der Super-GAU, dachte ich nervös.

Nach fünf Minuten erschien Ruth endlich auf der Straße und sah sich suchend nach mir um. Ich winkte ihr zu und ging ihr entgegen.

»So was Saudummes, ich wollte dich doch gerade da rausholen«, schimpfte Ruth mit ein paar Infoblättern über Feuerbestattung in der Hand. »Warte schnell«, rief sie plötzlich und winkte einem heranfahrenden gelben Smart, auf dem »Pizzaservice« stand. Der Smart-Fahrer hielt an, öffnete das Fenster und führte eine kurze Unterhaltung mit Ruth. Dann reichte er ihr eine Pizzaschachtel, und Ruth bezahlte. Sie kam mit der Pizza wieder auf mich zu und erklärte: »Die gehört zu meinem Plan. Ich habe eine Pizza für das Bestattungsunternehmen Nagel bestellt. Wenn der Mann im Beratungszimmer mit Iris über die falsche Lieferung diskutiert hätte, hätte ich gesagt, dass ich mir inzwischen die Urnen ansehe und dich herausgelassen.«

»Und wie hätte ich dann unbemerkt das Geschäft verlassen sollen?«, hakte ich irritiert nach.

»Da hätten wir eben improvisieren müssen«, meinte Ruth flapsig.

»Oh Ruth, das ist doch kein Plan«, stöhnte ich laut.

»Na hör mal, es war schließlich nicht meine Idee, dass du dich in einem Sarg versteckst«, verteidigte sie sich.

»Stimmt, es war meine eigene Dummheit«, gestand ich sauer. Wir schlenderten auf die Roseninsel und setzten uns inmitten üppig blühender Rosen auf eine Bank. Ruth öffnete die Pizzaschachtel und reichte mir ein Stück. Frustriert verleibten wir uns nach und nach die ganze Pizza Quattro Stagioni ein.

»Hast du denn wenigstens etwas hören können?«, fragte Ruth schließlich.

»Und ob«, fing ich an und gab möglichst genau Iris' Gespräch mit Kommissar Herrmanns und das anschließende Telefonat wieder.

»Glaubst du, dass Iris mit Petra telefoniert hat?«, fragte Ruth nachdenklich.

»Keine Ahnung, möglich wär's«, gab ich zu.

»Iris Nagel verrät dich bestimmt nicht bei der Polizei«, resümierte Ruth, »die Frau hat selber Dreck am Stecken, das garantiere ich dir.«

Vielleicht hatte Ruth recht. Ich war wieder etwas beruhigt und steckte mir das letzte Stück Pizza in den Mund.

20.

Am Abend schaute meine Freundin Lilli aus dem Chor in der Weinstube vorbei.

»Hat er sich immer noch nicht gemeldet?«, erkundigte sie sich sogleich, nachdem wir uns an einen Tisch gesetzt hatten.

»Nein«, knurrte ich deprimiert und fragte Lilli, ob sie etwas trinken wolle. Ich orderte bei Benni einen halben Liter Grünen Veltliner und stieß mit meiner Freundin an.

»Auf unsere beste Altistin im Chor!«, rief Lilli und nahm einen kräftigen Schluck. »Und wenn du am Freitag einfach zum Requiem von Felix kommst und mitsingst, als ob nichts gewesen wäre?«

»Das ist mir zu gefährlich, am Ende wirft er mir das Notenpult hinterher«, lehnte ich Lillis Vorschlag ab.

»Quatsch, das bringt er doch gar nicht hoch«, lachte Lilli laut. Ich wünschte, ich hätte ebenso befreit mitlachen können, aber mein Humor war mir in den letzten Tagen ziemlich abhandengekommen.

Die Tür der Weinstube ging auf, und meine Freundin Doris kam herein. Sie trug doch glatt den unförmigen Fetzen, den sie auf dem Uferlos-Festival erstanden hatte.

»Dieses Kleid kannst du als Umkleidekabine am See verwenden«, schlug ihr Lilli gut gelaunt vor, nachdem Doris sich zu uns gesetzt hatte.

»Super Idee, dass ich da noch gar nicht draufgekommen bin?«, entgegnete Doris begeistert. »Mensch, Maja, was machst du denn für ein Gesicht«, meinte sie in meine Richtung. »Hat dich der windige Taktstockschwinger immer noch nicht rehabilitiert?«

»Nein, der bockt«, antwortete Lilli an meiner Stelle.

»Und was gibt's Neues von dem toten Stallburschen?«, wollte Doris wissen. »In der Zeitung hat darüber nichts gestanden.«

Natürlich hatte ich meine beiden besten Freundinnen noch am gestrigen Abend telefonisch über die Geschichte informiert.

Benni servierte Doris ihren Lieblingsbordeaux, den sie mit einem kurzen Kopfnicken bestellt hatte.

»Es war tatsächlich Mord, ich war heute mit den Scheffels beim Frühstücken, und Theo hat sich verplappert. Und dann hat mich Ruth zu einer spontanen Aktion überredet, die komplett schiefgegangen ist«, begann ich von meinem unfreiwilligen Sargaufenthalt zu erzählen.

Die beiden hingen gebannt an meinen Lippen, Lilli entfuhr mehrmals ein entsetztes »Nein!«.

»Entweder war tatsächlich ihre Schwester am anderen Ende der Leitung, oder sie hat einen Komplizen, mit dem sie ihre Schwester umgebracht hat«, kombinierte sie, als ich geendet hatte.

»Maja, diese Iris hat bemerkt, dass du ihr auf der Spur bist, sonst hätte sie nicht so eine Andeutung über dich gemacht«, meinte Doris besorgt.

»Außerdem weiß sie jetzt, dass du sie belauscht hast. Wenn man den toten Kuckuck und den Reitunfall dazunimmt, würde ich sagen, dass du in höchster Gefahr schwebst«, steigerte sich Lilli auf einmal in die Sachlage hinein.

»Ihr glaubt aber doch nicht im Ernst, dass ich zu Kommissar Herrmanns gehe und ihm erzähle, wie ich Zeugin dieses Telefongesprächs wurde, oder?«, konfrontierte ich meine Freundinnen mit meiner misslichen Situation.

»Versprich uns wenigstens, dass du dieser Frau aus dem Weg gehst, Maja«, forderte Lilli.

»Natürlich werde ich dieses Bestattungsunternehmen nicht mehr betreten, aber dass mir Iris Nagel irgendwann auf Gut Frieding begegnen wird, kann ich wahrscheinlich nicht verhindern«, gab ich zu.

»Aber da sind immerhin noch andere Leute, und du bist nicht mit ihr alleine«, meinte Doris bestimmt.

»Heute Vormittag habe ich übrigens Thea in der Stadt getroffen«, wechselte Lilli das Thema. »Die ist ja komisch drauf im Moment, irgendwie so fahrig und mit den Gedanken weit weg.«

»Ich habe sie auch getroffen, und zwar mit ihrem Bruder. Die beiden hatten gerade ihre Mutter im Pflegeheim besucht, und der ging es nicht gut«, erklärte ich Lilli.

»Drum, ich habe mir schon gedacht, dass sie Probleme hat. Der Bruder ist übrigens sehr sympathisch, ich bin den beiden einmal zufällig im Biergarten in Haag begegnet. Ich glaube, der Bauernhof, von dem Thea stammt, ist dort in der Nähe.« Lilli machte ein bekümmertes Gesicht. »Ja, ja, die Bauern haben zurzeit wirklich Sorgen, die niedrigen Milchpreise sind eine Sauerei. Und dann gibt's jedes Jahr eine andere Seuche, entweder die Schweinepest oder BSE oder die Blauzungenkrankheit …«

»Hör auf, mir vergeht der Appetit«, wurde Lilli von Doris unterbrochen, »außerdem sollten wir das Thema in erquicklichere Bahnen lenken, wenn Maja schon so schlecht drauf ist. Wie steht's denn mit deinen Malkünsten, meine Liebe?«, fragte sie mich frech.

»Bestens, ich male gerade für eine Ausstellung in Italien, dort sind mindestens drei Bilder von mir fest eingeplant«, antwortete ich selbstbewusst.

»Du machst Witze«, entgegnete Doris fassungslos.

»Ganz und gar nicht, die Bilder werden für die Erdbebenopfer in den Abruzzen versteigert«, erläuterte ich wahrheitsgetreu.

Doris hatte es die Sprache verschlagen, was ich bei ihr noch nie erlebt hatte.

Da erschien unser Chorsprecher Ullrich in der Weinstube, der sich ebenfalls nach dem aktuellen Stand im Problemfall Thurgau erkundigen wollte. Wir erweiterten unsere Runde und erzählten uns gegenseitig Anekdoten, die wir in den letzten Jahrzehnten gemeinsam in unserem Kirchenchor erlebt hatten. Doris als Nicht-Chormitglied amüsierte sich köstlich, da sie die meisten der Geschichten zum ersten Mal hörte. Mir hingegen wurde das Herz schwer. Es durfte einfach nicht sein, dass ich von nun an nicht mehr dazugehören sollte.

Völlig gerädert wachte ich am nächsten Tag auf. Ich hatte extrem schlecht geschlafen und war von diversen Alpträumen gebeutelt worden. Von Herrn Thurgau über Iris Nagel bis zu Kommissar Herrmanns waren alle Personen darin vorgekommen, mit denen ich augenblicklich in Konflikt stand. Sogar Thea und ihr Bruder tauchten in dem Traum auf, obwohl ich mit den beiden weiß Gott kein schlimmes Erlebnis zu verarbeiten hatte. Bestimmt hatte ich im Geiste Gesprächsfetzen vom Vorabend mit in meine Träume genommen.

Und doch, irgendetwas irritierte mich tatsächlich an Lillis Bemerkung über ihr zufälliges Kennenlernen von Theas Bruder im Haager Biergarten. Mit einem Schlag wurde mir bewusst, was es war: Der kleine Ort Haag! Lilli hatte gesagt, dass der Bauernhof, von dem Thea stammte und den jetzt ihr Bruder bewirtschaftete, in Haag lag. Babsi, die Freundin meiner Tochter, mit der sie immer noch in Kontakt stand, kam ebenfalls aus Haag. Ich musste mich im Bett aufsetzen, weil ich von meinen eigenen Gedanken dermaßen aufgewühlt war, dass ich nicht mehr liegen bleiben konnte. Wenn Theas Bruder zufällig der Nachbar von Babsis Bruder war, dann war es Theas Bruder, dessen Tiere nach der Blauzungenimpfung reihenweise verendet oder schwer erkrankt waren! Und wer hatte auf die Impfung der Rinder bestanden und diese auch durchgeführt? Felix Kirschbaum!

Ich stand auf und ging nervös in meiner Wohnung auf und ab. Es konnte doch nicht sein, dass Thea oder ihr Bruder … Ich wagte kaum, diesen Gedanken zu Ende zu spinnen. Thea und ich waren seit vierzig Jahren befreundet. Wir waren miteinander zur Schule gegangen und hatten jahrzehntelang gemeinsam im Kirchenchor gesungen, ich hätte ihr niemals zugetraut, dass sie … Völlig aufgelöst ging ich in die Küche und bereitete Kaffee zu, um mich abzulenken, was mir jedoch nicht gelang. Mir fiel wieder das eigenartige Telefonat ein, das ich mit Thea am Morgen nach Felix' Ermordung geführt hatte. Sie hatte mich angerufen und mir x-mal versichert, dass sie Felix nicht erschossen hatte. Davon hatte sie aber gar nichts wissen können. Die Todesursache kannten zu dem Zeitpunkt nur ich und die Polizei. Damals hatte ich angenommen, dass sie das Wort erschießen nur zufällig benutzt hat, aber jetzt? Ich war mir nicht mehr sicher.

Dann kam noch die unselige Geschichte mit dem Dackel ihrer Mutter dazu, die dazu führte, dass die Mutter schwer abbaute und ins Pflegeheim gebracht werden musste. Hatte Thea Felix aus Rache für ihren Bruder und ihre Mutter erschossen? Vielleicht war es aber auch gar nicht Thea gewesen, sondern ihr Bruder, der geschossen hat. Mir kam in den Sinn, was Iris Nagel gestern gesagt hatte: Selbstverständlich würde sie nicht wollen, dass ihre Schwester ins Gefängnis wanderte, das waren ihre Worte. Würde Thea wollen, dass ihr Bruder ins Gefängnis käme? Natürlich nicht, ich war mir hundertprozentig sicher, dass Thea ihren Bruder decken würde. Wenn dem so war, was bedeutete das dann für das Verschwinden von Petra Nagel? Mein ursprünglicher Verdacht erhärtete sich, dass der Mordfall Felix Kirschbaum überhaupt nichts mit ihrem Verschwinden zu tun hatte. Und was den Tod des armen Marek anging, sah ich sowieso keinen Zusammenhang mit den anderen beiden Fällen.

Ich goss mir Kaffee ein und trank ein paar Schlucke. Meine Gedanken kreisten um meine alte Freundin Thea. Würde ich wollen, dass sie ins Gefängnis kommt? Natürlich nicht. Aber wenn sie tatsächlich vorsätzlich aus Rache einen Menschen erschossen haben sollte? Ich war hin- und hergerissen, wie ich mich verhalten sollte. Ob ich mit Lilli über diese schreckliche Erkenntnis sprechen könnte, ohne dass sie Thea und deren Bruder bei der Polizei verraten würde? Es war eine Gewissensfrage, das war mir klar. Um Lilli nicht ebenfalls in diesen Gewissenskonflikt zu stürzen, beschloss ich, ihr nichts davon zu erzählen. Was mich persönlich betraf, war ich emotional so überfordert, dass ich die Entscheidung erst einmal vertagte.

Hatte mir Theo nicht immer wieder eingebläut, dass ich die Aufklärung von Mordfällen der Polizei überlassen sollte? Genau das würde ich jetzt tun.

Ich ging ins Bad, zog mich an und baute meine Staffelei im Wohnzimmer auf. Die Konzentration auf die Kunst war am besten geeignet, meine Gedanken von den schrecklichen Dingen auf dieser Welt abzulenken. Mit viel Mühe und Augenmerk aufs Detail malte ich drei tierische Lebewesen, bei denen es mir schnurzegal war, welcher Gattung oder Rasse diese Viecherl angehörten. Warum musste ein gemaltes Pferd so aussehen, wie Doris oder Sepp Harrer es sich vorstellten? Dann konnte man ja gleich ein Foto nehmen.

Zufrieden mit meiner Leistung setzte ich mich schließlich an den PC, um mich wie immer am Ruhetag der Weinstube der Buchhaltung zu widmen. Normalerweise hasste ich diese Arbeit, aber heute kam sie mir ganz gelegen, und so tauchte ich für weitere drei Stunden in die Welt der Zahlen ein.

21.

Gegen halb fünf überlegte ich, ob ich meine Reitstunde heute nicht lieber absagen sollte. Erstens hatte ich Angst davor, dass mir Iris Nagel begegnen könnte, und zweitens wusste ich nicht, welches wilde Ross ich unter dem Hintern haben würde, der arme Justin durfte mit seiner Verletzung ja nicht geritten werden. Ach was, dachte ich schließlich, Herr Frey würde mich sicher keine Sekunde mehr allein auf dem Pferd lassen. Und außerdem würde ich mich während des Reitens nicht dauernd mit dem Schicksal von Thea beschäftigen. Also zog ich meine Reitklamotten an und fuhr zu Gut Frieding.

Um Punkt fünf Uhr öffnete ich die Tür des Reiterstüberls, um nach Herrn Frey zu suchen. Ich erschrak fürchterlich, als ich neben Herrn Frey Kommissar Herrmanns und dessen Kollegen am hölzernen Tisch sitzen sah. Das laute Aufstöhnen des Kommissars bei meinem Anblick machte zwar deutlich, wie sehr er mich schätzte, aber immerhin sprang er mir nicht an die Gurgel und zeigte auch sonst kein Interesse an mir. Wenn Iris Nagel ihm von meinem Lauschangriff berichtet hätte, würde er sich mit Sicherheit anders verhalten.

»Frau Kuckuck, ich komme gleich, Sie können sich schon mal mit Hera bekannt machen, auf der werden Sie heute reiten«, instruierte mich Sebastian Frey.

Ich ging wieder nach draußen und grüßte einige Pferdebesitzer, die mir teils mit, teils ohne Pferd entgegenkamen. Da ich keine Ahnung hatte, wo diese Hera stand, suchte ich zunächst die Boxen im vorderen Stall nach dem entsprechenden Namensschild ab, wurde jedoch nicht fündig. Als ich den hinteren Stall betrat, hörte ich zwei Frauenstimmen in der Nähe tuscheln. Die beiden Damen standen zusammen mit einem Pferd am Putzstand und unterhielten sich in gedämpfter Lautstärke. Eine der beiden erkannte ich sofort wieder, sie war mir gestern zusammen mit Heidi zu Hilfe geeilt.

Grüßend ging ich an ihnen vorbei und suchte weiter die Namensschilder der Pferde ab.

»Und ich sage dir, dass ich es genau gesehen habe. Petras merkwürdige Schwester hat dem Marek eine Flasche Cognac gegeben«, hörte ich plötzlich eine der beiden Frauen sagen.

»Du musst das der Polizei melden«, meinte die andere Frau wichtig.

»Und was ist, wenn das gar nicht diese Cognacflasche war? Ich meine, ich habe dem Marek auch einmal einen Wodka geschenkt, als er mir geholfen hat, Jupiter mit dieser stinkenden Salbe einzureiben. Vielleicht war es eine andere Flasche, die ich gesehen habe, und wie stehe ich dann da?«, entgegnete die erste Frau.

»Du hast recht. Wir wissen ja nicht einmal, ob Marek am Cognac oder an einer anderen Sache gestorben ist«, pflichtete ihr die zweite schließlich bei.

Weil mich dieses Gespräch natürlich brennend interessierte, war ich in Hörweite stehen geblieben und hatte die Suche nach Hera kurz unterbrochen. Sieh an, sieh an, Iris Nagel hatte dem armen Marek also eine Flasche gegeben. Da der gute Marek jetzt tot war, kam dieser an sich nicht ungewöhnlichen Geste nun doch eine gewisse Bedeutung zu. Ich war heilfroh, dass ich mich vor Iris Nagel gerade nicht fürchten musste, weil sie noch bis achtzehn Uhr in ihrem Bestattungsunternehmen sitzen würde.

Als ich endlich die Box von Hera fand, kam mir Herr Frey bereits vom hinteren Eingang des Stalles entgegen.

»Sie waren meine Rettung, Frau Kuckuck, dieser Kommissar Herrmanns hätte mich sonst noch in alle Einzelteile zerlegt«, sagte er dankbar. »Sie wissen ja, dass Marek gestern an einer Alkoholvergiftung gestorben ist. Offenbar ist irgendetwas dabei nicht mit rechten Dingen zugegangen, sonst würde die Kripo nicht schon wieder dauernd hier herumschnüffeln. Nach Felix' Tod haben sie auch alles auf den Kopf gestellt, und was ist dabei herausgekommen? Nichts. Wenn Petra kein Geständnis abgelegt hätte, würden sie immer noch im Dunkeln tappen.«

Es war das erste Mal, dass ich Herrn Frey richtig aufgeregt erlebte. Er schob die Boxentür auf und ging auf das fuchsbraune Pferd zu, das uns eiskalt den Hintern entgegenhielt.

»Das nützt dir gar nichts, Hera, jetzt geht's an die Arbeit«, meinte er flapsig, und gab Hera einen Klaps aufs Hinterteil. Die drehte sich um und suchte im Futtertrog nach etwas Essbarem.

»Kommen Sie herein, Frau Kuckuck, und machen Sie sich bekannt«, forderte mich Herr Frey auf.

Ich ging auf Hera zu und klopfte ihr auf den Hals. Herr Frey schien sich wieder etwas beruhigt zu haben.

»Glauben Sie wirklich, dass das Geständnis von Petra echt ist?«, fragte ich Herrn Frey beiläufig.

Er blickte mich verdutzt an. »Natürlich! Ich verrate Ihnen jetzt ein Geheimnis, Frau Kuckuck. Felix hatte ein Verhältnis mit Petra, und das seit mehreren Jahren. Wahrscheinlich wollte sie, dass er sich von Eva trennt, aber Felix war wohl der Meinung, dass es sich mit zwei Frauen ganz nett leben lässt. Das hat sie sich nicht mehr länger gefallen lassen, nehme ich an.«

»Wie ist denn Felix' Frau mit dieser außerehelichen Affäre umgegangen?«, erkundigte ich mich vorsichtig.

»Ich verstehe ehrlich gesagt nicht, warum sie das über Jahre mit angesehen hat. Eine Frau wie Eva könnte an jedem Finger zehn Männer haben, die ihr die Welt zu Füßen legen«, schwärmte er. »Aber sie braucht noch etwas Zeit, um den Tod von Felix als den Befreiungsschlag zu erkennen, der er ist.«

Wenn ich nicht wüsste, dass Thea oder ihr Bruder Felix erschossen hatten, könnte man glatt glauben, dass Sebastian Frey Eva Kirschbaum mit der Ermordung ihres Mannes einen Gefallen tun wollte.

Herr Frey senkte den Blick und kehrte mit der Stiefelspitze ein paar Strohhalme in die Ecke.

»Wissen Sie, was ich nicht verstehe, Herr Frey? Weshalb ließ Petra ihr Pferd von der Ehefrau ihres Geliebten behandeln, und nicht von ihm selbst?«, fragte ich.

»Aber natürlich hat Felix Saba behandelt. Er war für Spritzen und andere Unannehmlichkeiten zuständig, deswegen hat sie auf ihn auch ziemlich allergisch reagiert. Das ist allerdings normal, es ist das Los der Tierärzte, dass sie bei den Vierbeinern nicht sehr beliebt sind. Eva war mehr für die psychischen Probleme von Saba zuständig. Sie können sicher sein, wenn Eva Saba auch nur eine einzige Spritze geben würde, wäre es mit der dicken Freundschaft vorbei.«

»Ach so ist das«, meinte ich verwundert, »und wenn Saba jetzt krank wird, muss Eva einen Kollegen holen, oder?«

»Ganz genau, aber sie wird sich ohnehin einen Kompagnon suchen, alleine ist das alles nicht zu schaffen. Jetzt lenken wir aber nicht mehr weiter von unserem Hauptthema ab, Frau Kuckuck, wir sind sowieso schon in Verzug, Hera wartet auf Sie«, sagte Herr Frey mit einem verschmitzten Lächeln.

Während wir Hera gemeinsam für den Reitunterricht vorbereiteten, stellte ich Herrn Frey eine ganz andere Frage:

»Kennen Sie eigentlich Hannibal?«

Meiner Meinung nach müsste der Hund von Eva Kirschbaum doch jede Gefühlswallung eines Verehrers zum Erliegen bringen.

»Natürlich kenne ich Hannibal, hat er Sie erschreckt? Sie brauchen keine Angst vor ihm zu haben, er ist sehr sensibel und merkt genau, wer ihn mag und wer nicht.«

»Das klingt beruhigend«, kommentierte ich trocken.

Ich führte Hera in die kleine Reithalle, nahm meine Sporen ab und stieg über die Strohballen auf. Als ich im Sattel saß, bemerkte ich, dass mich Kommissar Herrmanns und sein Kollege doch glatt aus ein paar Meter Entfernung beobachteten. Verzogen sich da nicht sogar die Mundwinkel von Kommissar Herrmanns zu einer leichten Kurve nach oben? Was sollte das? Der Kommissar bewegte sich nicht vom Fleck und wartete darauf, dass ich Hera startete.

»Ich kann so nicht reiten, Herr Frey«, teilte ich meinem Reitlehrer mit, »die Herren von der Polizei bringen mich um meine Konzentration.«

Herr Frey drehte sich um und rief: »Meine Herren, aus Sicherheitsgründen bitte ich Sie, sich zu entfernen.«

Die beiden Kommissare blickten sich an und schlenderten dann langsamer als eine Schnecke in Richtung Parkplatz, wobei ihr Blick so lange wie möglich an mir haften blieb.

»Eine Unverschämtheit ist das«, wetterte ich vom Pferderücken aus. »Sind wir hier im Zirkus oder was?«

»Beruhigen Sie sich wieder, Frau Kuckuck, jetzt sind sie ja weg«, beschwichtigte mich Herr Frey, dann nahm er Hera an die Longe, und ich drehte mit mangelhafter Haltung die üblichen Runden.

Gegen Ende der Reitstunde durfte ich zum ersten Mal im Trab reiten, was mir überhaupt nicht gefiel. Diese Hera hatte ein dermaßen holpriges Gangwerk, dass ich bei jedem Schritt schief aus dem Sattel hopste und noch schiefer landete. Ich würde Sebastian Frey nach der Reitstunde mitteilen, dass ich warten wollte, bis Justin wieder gesund war, auf dieses unelegante Gehoppel hatte ich keine Lust.

Nachdem die Reitstunde beendet und ich abgestiegen war, warf ich einen Blick auf meine Armbanduhr. Ach du Schreck, es war bereits zehn nach sechs, Herr Frey hatte es gut gemeint und die Verspätung zu Beginn der Stunde wieder reingeholt. Iris Nagel würde doch hoffentlich nicht gleich nach Geschäftsschluss herfahren? Solange Herr Frey in meiner Nähe war, konnte mir nichts passieren, beruhigte ich mich selbst und führte Hera zurück zum Stall. Wir zäumten und sattelten das Pferd gemeinsam ab und brachten es zurück in die Box.

»Und jetzt waschen Sie bitte das Mundstück der Trense ab und räumen alles auf. Außerdem können Sie Hera noch eine Karotte geben, der Kübel mit den Belohnungen steht da vorne«, wies mich mein Reitlehrer an. »Ich werde Sie anrufen, um einen neuen Termin festzulegen«, verabschiedete er sich plötzlich schnell und eilte davon. Der Grund, warum es ihm auf einmal so pressierte, war Eva Kirschbaum, die gerade aufgetaucht war. Gegen die Liebe kam ich nicht an, deshalb beeilte ich mich, meine Aufgaben möglichst schnell zu erledigen, damit mir Iris nicht doch noch über den Weg laufen würde.

Bevor ich Sattel und Trense in die Sattelkammer zurückbrachte, ging ich zu dem Eimer mit den Karotten und Äpfeln und beugte mich darüber, um ein möglichst appetitliches Stück auszusuchen. Auf einmal griff eine schmutzige Hand nach dem Kübel und hielt ihn mir unter die Nase, damit ich mich nicht zu bücken brauchte.

»Ich Karol, wer du?«, fragte ein unrasierter Mann mit schlechten Zähnen, der mich sofort an Marek erinnerte.

»Ich Maja«, antwortete ich.

»Ich Stallbursche, neu, du schön, Maja«, sagte er grinsend.

»Vielen Dank«, nahm ich das Kompliment sachlich entgegen und sah zu, dass ich wegkam, um mir weitere Avancen dieses Mannes zu ersparen. Das konnte ja heiter werden!

Ich trug den Sattel und die Trense in die Sattelkammer und hängte beides unter dem Namensschild »Hera« auf, da kam Eva Kirschbaum in den Raum. Offenbar hatte sie Sebastian Frey schon wieder abgeschüttelt, sie holte eine Pferdedecke und meinte: »Hallo, Frau Kuckuck, ich war gerade bei Justin, die Wunden verheilen sehr gut. Wahrscheinlich ist er nächste Woche bereits wieder einsatzbereit.«

»Das ist schön«, freute ich mich.

»Werden Sie morgen zur Beerdigung von Felix kommen?«, erkundigte sich Eva.

»Bestimmt«, log ich, da ich es mir auf keinen Fall antun wollte, meinen eigenen Chor nur als Zuhörerin zu erleben, und wechselte schnell das Thema.

»Frau Kirschbaum«, sagte ich vorsichtig, »glauben Sie tatsächlich, dass Petra dieses telefonische Geständnis abgelegt hat?«

»Puh.« Frau Kirschbaum blies laut Luft aus dem Mund, dann sagte sie: »Ich habe keine anderen Informationen.«

»Und wenn Petra selbst das Opfer eines Mordes geworden wäre?«, tastete ich mich weiter an das Thema heran.

»Denken Sie etwa, dass Petra tot ist?«, entgegnete sie nervös.

»Ja, genau das denke ich. Und dass Iris Nagel dieses Geständnis nur erfunden hat.«

»Aber ... jetzt verstehe ich gar nichts mehr«, stammelte sie. »Ich ... ich glaube nicht, dass sie tot ist, ich ...«

Frau Kirschbaum sah mich unsicher an. Mein Gefühl sagte mir, dass ich sie jetzt auf keinen Fall unterbrechen durfte, sie würde mir bestimmt gleich etwas sagen.

»Frau Kuckuck«, begann sie tatsächlich, »ich gehe davon aus, dass mich Petra in einer halben Stunde anrufen wird.«

»Waaas?«, rief ich aufgeregt.

»Nicht so laut, Frau Kuckuck, ich weiß doch noch gar nicht, wie ich mich verhalten soll und ob sie sich tatsächlich meldet. Meine Mitarbeiterin hat heute Nachmittag einen Anruf entgegengenommen, bei dem die Leitung sehr schlecht war. Es war eine Frau dran, die ihren Namen nicht genannt hat. Meine Mitarbeiterin sollte mir ausrichten, dass mich diese Frau heute Abend um neunzehn Uhr zu Hause anrufen würde, es ginge um ihr Pferd.«

»Das ist ja unglaublich«, stammelte ich. »Und Sie glauben tatsächlich, dass es Petra war?«

»Ich weiß es nicht«, flüsterte sie unruhig, »aber so, wie Petra an Saba hängt, könnte ich es mir vorstellen. Andererseits habe ich Skrupel, überhaupt ranzugehen. Diese Frau hat immerhin meinen Mann getötet.«

»Ich würde einiges dafür geben, mit Petra telefonieren zu können. Vielleicht würde sie dann endlich erklären, warum sie Felix erschossen hat.«

Frau Kirschbaum blickte mich ratlos an. »Dann kommen Sie doch mit und nehmen Sie den Hörer ab«, schlug sie plötzlich vor.

»Das werde ich gerne tun«, entgegnete ich kampfesmutig.

»Ich bin in fünf Minuten fertig, dann fahren Sie am besten hinter mir her«, sagte Eva Kirschbaum angespannt.

Mit gemischten Gefühlen ging ich zu meinem Auto und wartete dort auf Eva Kirschbaum.

22.

Während ich Eva Kirschbaums Jeep mit den dunkel getönten Scheiben folgte, gingen mir die verschiedensten Fragen durch den Kopf. Würde Petra wieder auflegen, wenn ich statt Eva Kirschbaum am Apparat wäre? Oder würde sie offen mit mir sprechen und mir verraten, warum sie Felix erschossen hatte? Selbstverständlich durfte ich sie auf keinen Fall fragen, wo sie sich aufhielt. Zu groß war das Risiko, dass sie das Gespräch sofort beenden würde. Und wenn sie darauf bestand, mit Eva Kirschbaum zu sprechen? Nun gut, wenn die es ebenfalls wollte, würde ich ihr den Hörer natürlich geben. Jedenfalls wäre ein Anruf von Petra der Beweis dafür, dass sie lebte. Oder vielleicht doch nicht? Wäre es nicht möglich, dass Iris Nagel die ganze Sache mit dem Telefonanruf extra inszeniert hatte, damit es weitere Zeugen dafür gab, dass Petra noch lebte und tatsächlich auf der Flucht war? Die Stimmen der Nagel-Schwestern waren sich wie oft bei den Mitgliedern einer Familie sehr ähnlich, würde ich es heraushören können, wenn sich Iris am Telefon als Petra ausgab?

Wir fuhren in die Lankesbergstraße ein und hielten vor dem Haus der Kirschbaums. Das automatische Garagentor öffnete sich, Eva fuhr ihren Jeep hinein und parkte neben dem Wagen ihres Mannes. Glücklicherweise fand ich selbst gleich einen Parkplatz am Straßenrand. Als ich ausgestiegen war, schaute ich nervös auf die Uhr. Es war sieben Minuten vor sieben. Ich ging auf das beachtlich große Anwesen mit dem gepflegten Garten zu und sagte Frau Kirschbaum, dass wir gut in der Zeit waren.

Sie öffnete die Hecktür ihres Wagens, und der Koloss Hannibal sprang donnernd heraus. Mein Gott, durchfuhr es mich, den hatte ich gar nicht mehr auf der Rechnung gehabt. Hannibal kam sofort auf mich zugeschossen und fuhr mit seinem faltigen Gesicht und den tropfenden Lefzen an meinen Beinen entlang bis zum Bauch hoch, dabei hechelte er gierig. Ich stand wie versteinert da, während mir das Herz fast aus dem Hals hüpfte vor Angst.

»Keine Panik, Frau Kuckuck, Hannibal interessiert sich nur für den Geruch von Hera«, erläuterte Eva das Verhalten ihres Hundes, dann kramte sie den Schlüssel aus der Handtasche und sperrte die Haustür auf. Ich wagte mich keinen Millimeter zu bewegen, solange Hannibal mit dem Geruch von Hera nicht fertig war.

»Hanni, jetzt lass endlich Frau Kuckuck in Ruhe«, schimpfte Eva von der Tür aus. Das gewaltige Tier folgte sofort und ließ von mir ab.

»Wir gehen ins Wohnzimmer«, sagte Eva aufgeregt und ging eilig voraus. Dort angekommen, griff sie sofort nach einer Zigarettenschachtel und zündete sich einen Glimmstängel an, dann setzten wir uns an den großen Esstisch.

»Ohne Zigaretten halte ich das nicht durch«, sagte sie wie zur Entschuldigung, dass sie in ihrem eigenen Haus rauchte.

Das war also der Raum, in dem das berühmte Wildschweinessen mit Herrn Thurgau stattgefunden hatte, dachte ich kurz. Alles sehr nobel und geschmackvoll, doch das nahm ich nur am Rande wahr, da mein Blick mehr oder weniger permanent an dem Telefon hing, das Eva neben die Zigarettenschachtel auf den Tisch gelegt hatte. Hannibal war Gott sei Dank in ein anderes Zimmer verschwunden, sodass dieser Stressfaktor nun wegfiel.

Eva zog in so kurzen Abständen an der Zigarette, dass diese bereits zu einem kurzen Stummel geschrumpft war.

»Morgen kommt unsere ganze Verwandtschaft«, sagte sie nach längerem Schweigen. »Ich wollte, dass sie alle im Hotel wohnen, weil ich in dieser schwierigen Situation am liebsten alleine bin. Ich glaube, dass einige Verwandte jetzt sauer sind, weil sie das nicht verstehen. Verstehen Sie das, Frau Kuckuck?«

»Ich verstehe es«, fasste ich mich kurz, weil mich die Verwandtschaftsgeschichten der Kirschbaums im Moment nur peripher interessierten.

Die Kirchenglocken von St. Peter und Paul und St. Georg schlugen abwechselnd sieben Uhr, meine Spannung stieg. Kaum war der letzte Glockenschlag verklungen, läutete das Telefon. Ich drückte die grüne Taste.

»Ja bitte?«, meldete ich mich möglichst neutral.

Schweigen am anderen Ende der Leitung.

»Mir wem spreche ich?«, fragte schließlich eine Stimme, die zweifelsfrei die von Petra war.

»Petra, hier ist Maja, bitte leg jetzt nicht auf«, bat ich sie inständig.

»Aber ... ich wollte ...«, stammelte Petra.

»Petra, ich bin ja so erleichtert, dass du nicht tot bist, ich dachte schon, dir wäre etwas Schlimmes passiert.«

»Warum bist du bei Eva Kirschbaum, Maja?«, fragte Petra irritiert.

»Eva Kirschbaum sitzt neben mir, sie ist sich nicht sicher, ob sie mit dir sprechen will«, meinte ich vorsichtig.

Petra ließ sich Zeit mit dem nächsten Satz. Die Leitung war dieses Mal wohl besser als heute Nachmittag, es klang zwar wie eine Verbindung von einem Handy ins Festnetz, aber nicht unbedingt so, als bestünde die Verbindung über Tausende von Kilometern.

»Ich kann verstehen, wenn sie nicht mit mir sprechen will«, sagte Petra schließlich leise.

»Aber ich könnte ihr trotzdem etwas ausrichten, wenn du möchtest«, bot ich an.

»Bitte sag ihr, dass mir alles fürchterlich leidtut. Ich hatte einfach keine andere Wahl«, sagte sie mit gebrochener Stimme.

»Warum hattest du keine andere Wahl?«, griff ich den Faden sofort auf.

»Weil ... weil ... ich kann es dir nicht sagen, Maja. Könntest du Eva bitte fragen, wie es Saba geht? Sie fehlt mir so«, jammerte Petra niedergeschlagen.

»Sie will wissen, wie es Saba geht«, wandte ich mich an Eva.
»Es geht ihr gut«, antwortete Eva so laut, dass Petra es ebenfalls gehört haben musste.
»Frisst sie anständig? Wie reagiert sie auf den neuen Stallburschen?«, wollte Petra aufgeregt wissen.
»Sie fragt, ob Saba anständig frisst und wie sie auf den neuen Stallburschen reagiert«, leitete ich die Frage an Eva weiter.
»Es ist alles in Ordnung«, bestätigte Eva erneut.
Moment mal, woher wusste Petra, dass es auf Gut Frieding einen neuen Stallburschen gab? Sie konnte doch gar nichts von Mareks Tod gehört haben. Ich hatte es geahnt, Iris Nagel spielte Katz und Maus mit uns!
»Sie sind gar nicht Petra, Sie sind Iris!«, schrie ich ins Telefon. »Sie wollten uns glauben machen, dass Petra lebt, dabei haben Sie sie umgebracht!«, rief ich weiter.
Während ich mich noch echauffierte, ging die Tür zum Wohnzimmer auf, und Iris Nagel kam mit dem Handy am Ohr herein.
Ich erstarrte zur Salzsäule. Was ging hier vor?
»Es stimmt, Petra ist tot«, sagte sie eiskalt.
Ich ließ das Telefon sinken und legte es völlig durcheinander vor mich auf den Tisch. Geschockt starrte ich zwischen Eva Kirschbaum und Iris Nagel hin und her. Waren die beiden etwa Komplizen? Hatte mich Eva mit der Geschichte von Petras Anruf vorsätzlich hierher gelockt? Wie der Blitz traf mich die Erkenntnis, dass ich den beiden geradewegs in die Falle gelaufen war.
Warum war ich da nicht früher draufgekommen, dass sich Eva Kirschbaum sowohl an Felix als auch an Petra gerächt hatte! Und da Iris Petras Geschäft übernehmen wollte, hatte sie ihren Teil zu dem grausamen Plan beigetragen!
»Na, Frau Kuckuck, jetzt sind Sie sprachlos, was?«, sagte Eva Kirschbaum, während sie Hannibal, der zusammen mit Iris Nagel ins Zimmer gekommen war, zärtlich den Kopf streichelte.
Iris Nagel nahm sich eine Zigarette aus der Packung auf

dem Tisch, zündete sie an und lehnte sich lässig an eine Kommode.

»Sie sind Mörderinnen!«, brüllte ich entsetzt. Hannibal begann bedrohlich zu knurren.

»Noch nicht, mein Süßer«, flötete sein Frauchen ihm ins Ohr. Was hieß hier »noch nicht«? Die beiden würden mich doch hoffentlich nicht Hannibal zum Fraß vorwerfen, oder etwa doch? Ich begann so zu zittern, dass meine Zähne klapperten. Hannibal starrte mich unbeweglich an, sein Speichelfluss nahm augenscheinlich zu, lange Fäden tropften aus den hängenden Mundwinkeln zu Boden. Je mehr Angst ich hatte, desto schärfer war er auf mich, erkannte ich zweifelsfrei.

Ich nahm meinen ganzen Mut zusammen, atmete tief durch und fragte Eva Kirschbaum möglichst ruhig: »Warum haben Sie sich nicht einfach scheiden lassen?«

Sie griff erneut zur Zigarettenschachtel, bevor sie antwortete, und widmete sich ohne Eile dem Anzünden ihrer Zigarette.

»Sehen Sie, Frau Kuckuck, das ist alles nicht so einfach. Ich komme aus sehr schlichten Verhältnissen, ich hätte mir niemals so ein Haus oder eine Praxiseinrichtung leisten können, ohne mich hoch zu verschulden. Mein verstorbener Mann wurde vermögend geboren, er war seit seiner Kindheit daran gewöhnt, dass er alles haben konnte, was er wollte. Leider hatte seine noble Verwandtschaft bei unserer Eheschließung auf Gütertrennung bestanden, sodass mir im Falle einer Scheidung nichts, aber auch gar nichts geblieben wäre. Als Witwe hat man da ganz andere Möglichkeiten, das leuchtet Ihnen doch ein«, sagte sie provozierend und zog genüsslich an ihrer Zigarette. »Es war übrigens nicht so, dass ich Felix seines Geldes wegen geheiratet habe, ich habe diesen Mann einmal geliebt. Wenn Sie es genau wissen wollen, war ich sogar rasend eifersüchtig, als ich dahintergekommen bin, dass er ein Verhältnis mit Petra hatte. Ich habe jahrelang um unsere Ehe gekämpft, aber wie ich schon sagte: Felix war daran gewöhnt, alles zu bekommen, was er haben wollte.«

»Sie glauben doch nicht im Ernst, dass Sie mit dieser rührseligen Geschichte den Mord an Ihrem Mann rechtfertigen können, Frau Dr. Kirschbaum. Und den Mord an Petra schon gar nicht!«, entgegnete ich tapfer.

»Petra gibt es nicht mehr, und diese simple Tatsache eröffnet mir ein neues, wunderbares Leben«, sagte sie glatt.

»Was haben Sie mit ihr gemacht?«, schrie ich etwas zu laut, Hannibal fletschte knurrend die Zähne.

»Sie hat gar nichts mit Petra gemacht«, mischte sich nun Iris Nagel in das Gespräch ein und legte ihre brennende Zigarette in den Aschenbecher auf der Kommode. »Maja«, duzte sie mich plötzlich, »sieh mich genau an!«

Iris Nagel beugte sich über mich, hob mit den Händen ihren strengen Pony nach oben und rief: »Du bist nicht so scharfsinnig, wie du denkst. Du hast dich von einer anderen Haarfarbe, einer neuen Frisur und von Kontaktlinsen und Make-up komplett täuschen lassen.«

Mit einem Schlag fiel es mir wie Schuppen von den Augen. Es war Petra, die vor mir stand!

»Es gibt keine Iris Nagel, ich bin ein Einzelkind. Aber du hast an unserer Scharade nicht eine Sekunde gezweifelt, stimmt's?«, fragte sie fast stolz.

Jetzt wurde mir klar, warum mich Eva Kirschbaum am Tag nach Felix' Tod gebeten hatte, sie ins Bestattungsunternehmen zu begleiten. Ich war ihre Testperson gewesen.

Sprachlos starrte ich Petra an, ich konnte nicht fassen, dass ich das Verwandlungsspiel nicht durchschaut hatte.

»Natürlich musste ich mich auch im Charakter etwas verändern, sonst wäre es zu gefährlich gewesen. Niemand hat etwas bemerkt, kein Mensch hat mich erkannt«, triumphierte sie. »Nur meiner lieben Saba konnte ich nichts vormachen, sie wusste sofort, dass ich es war. Leider hat Marek die erste Begegnung von Iris Nagel und Saba beobachtet. Er war zwar versoffen, aber nicht blöd. Diese Ratte hat mich erpresst, und ich wusste genau, dass er irgendwann im Suff den Mund nicht halten und alles erzählen würde.« Petra lehnte sich wieder gegen die Kommode, griff nach ihrer Zigarette und zog daran.

»In der Tiermedizin gibt es genug Substanzen, die aus einem herkömmlichen Schnaps einen tödlichen Cocktail machen können«, erklärte mir Eva Kirschbaum bereitwillig das weitere Vorgehen der beiden Frauen. »Nachdem Petra liebenswerterweise die Sache mit Felix erledigt hatte, kümmerte ich mich um die Herstellung des letzten Getränks für Marek. Da meine Beimischung im farblosen Wodka sichtbare Spuren hinterlassen hätte, entschied ich mich für Cognac, bei Geschenken war Marek nicht wählerisch.«

Ich atmete tief durch. Es war unglaublich, mit welcher Abgebrühtheit und Raffinesse die beiden Frauen ihren teuflischen Plan durchgeführt hatten. Petras erfundene Reisepläne waren der plausible Grund für das Erscheinen von Iris Nagel auf der Bildfläche gewesen. Und mit Petras angeblichem Geständnis erklärte sich der Umstand, dass sie nicht wieder zurückkam. Petra würde unbehelligt als Iris weiterleben, während sie auf der ganzen Welt von der Polizei gesucht wurde. Ein genialer Plan, aber konnte man seine Identität wirklich so einfach wechseln?

»Wollte die Polizei bei deiner Aussage nicht einmal deinen Pass sehen?«, fragte ich, verärgert über die Unfähigkeit dieses Kommissars.

»Ach Maja, du bist wirklich süß, natürlich wollte der Kommissar meinen Pass sehen, aber so etwas kann man heutzutage doch kaufen. Man muss nur ein wenig Geld investieren, und schon ist man ein neuer Mensch«, klärte Petra mich auf, als wäre ich ein dummes Schulmädchen. »Leider hast du dich immer für schlauer gehalten als dieser unsympathische Kommissar, Maja. Warum hast du dich mit Petras Verschwinden nicht einfach abgefunden? Weshalb hast du mir dauernd so dumme Fragen gestellt, als ob ich meine Schwester ermordet hätte? Du warst zwar völlig auf dem Holzweg, aber dein Misstrauen gegenüber Iris ist uns zu heiß geworden, deshalb müssen wir dich wohl oder übel aus dem Verkehr ziehen.«

»Was soll das heißen?«, fragte ich stotternd.

»Das heißt, dass unser lieber Hannibal heute ein ganz, ganz tolles Spielzeug bekommt«, sagte Eva Kirschbaum liebevoll zu ihrem Hund.

Mir gefror das Blut in den Adern. Sie meinten es ernst!

»Dabei habe ich sogar noch versucht, Sie zu warnen, Frau Kuckuck, aber Sie wollten ja nicht auf mich hören«, schimpfte Eva Kirschbaum. »Als mir der kleine Junge den verletzten Kuckuck in die Praxis brachte, war ich überaus traurig, dass ich ihn nicht mehr retten konnte. Aber dann ist mir ja doch noch eine Verwendung für ihn eingefallen, damit er nicht ganz umsonst gestorben war«, bemerkte sie zufrieden.

»Warum hast du diesen Wink mit dem Zaunpfahl denn nicht ernst genommen, Maja?«, wollte Petra wissen. Sie sah mich enttäuscht an. »Nicht einmal Ivan hat dich davon überzeugen können, dass du deine Nase nicht in Dinge stecken sollst, die dich nichts angehen.«

Eva Kischbaum sagte: »Ich habe die Gesundheit von Justin aufs Spiel gesetzt, um Sie wachzurütteln, aber Sie wollten einfach nicht hören.«

Gott sei Dank saß ich immer noch auf dem Stuhl vor dem Esstisch, ich glaube nicht, dass ich mich sonst noch auf den Beinen hätte halten können. Mir war regelrecht schwindlig vor Angst und Entsetzen.

»Als du dich dann auch noch in dem Sarg versteckt und mich belauscht hast, kamen wir zu dem Ergebnis, dass das aufhören muss. Wir wollten dir mit Petras Telefonanruf beweisen, dass sie am Leben ist und dass deine Vermutungen nichts als Hirngespinste sind, aber du hast auch deine letzte Chance vertan«, teilte mir Petra mit.

Ich konnte das alles kaum glauben. Jahrelang hatte ich einträchtig mit Petra in unserem Kirchenchor gesungen. Würde sie mich tatsächlich einfach von diesem fürchterlichen Hund in Stücke reißen lassen?

»Warum hast du bei dieser schrecklichen Geschichte bloß mitgemacht, Petra? Du hättest Felix doch einfach verlassen können, ohne dass dir irgendwelche Nachteile daraus entstanden wären.«

»Ich habe es für uns getan, Maja. Hast du das immer noch nicht verstanden?«, fragte sie ungläubig.

Sie ging kurz entschlossen zu Eva Kirschbaum und küsste sie innig auf den Mund. Ich fasste nicht, was ich da sah, die beiden waren ein Liebespaar! Jetzt war ich endgültig geplättet.

»Ich hatte Eva gegenüber jahrelang ein schlechtes Gewissen, weil ich ein Verhältnis mit Felix hatte«, erklärte Petra und legte Eva Kirschbaum ihre Hand auf die Schulter. »Als ich feststellte, wie gut Eva mit Saba umgehen kann, freundeten wir uns an, obwohl Felix zwischen uns stand. Irgendwann haben wir dann beide gemerkt, dass wir Felix nicht mehr brauchen.«

»Natürlich haben wir uns Felix gegenüber nichts anmerken lassen, er hätte sofort die Scheidung eingereicht und für einen Skandal gesorgt«, fügte Eva Kirschbaum hinzu.

Nach und nach haben wir ausgetüftelt, wie wir das Problem Felix lösen könnten. Wir haben deine Geburtstagsfeier als den richtigen Zeitpunkt auserwählt, unseren Plan in die Tat umzusetzen. Eva hat sich draußen versteckt und mir per Handy ein Zeichen gegeben, als die Luft rein war. Ich habe Felix gesagt, dass ich ihm unter vier Augen etwas Wichtiges mitteilen müsse. Wir sind nacheinander nach draußen gegangen. Eigentlich wollten wir Felix unsere Liebe demonstrieren und sehen, was er für ein Gesicht macht, aber mir war das Risiko zu groß, dass doch noch Zeugen auftauchen könnten. Ich habe sofort abgedrückt, ohne dass wir auch nur ein Wort miteinander gesprochen hatten.«

»Du hast es genau richtig gemacht«, lobte Eva ihre Freundin. »Wir haben Felix zusammen mit der Waffe in Ihrer Biotonne versteckt, damit man ihn nicht so schnell finden würde. Leider haben Sie uns bereits am ersten Abend Schwierigkeiten bereitet, Frau Kuckuck. Es wäre fatal gewesen, wenn das Petras vermeintliche China-Reise verhindert hätte, das hätte unseren ganzen Plan zunichtegemacht.«

Hannibal knurrte, er wurde wohl ungeduldig und wollte endlich das Spielzeug haben, das ihm sein Frauchen versprochen hatte.

»Gleich, mein Süßer, wir müssen nur noch ein paar Kleinigkeiten vorbereiten«, beruhigte Eva Kischbaum das Monster an ihrer Seite.

In meinem Kopf vermischten sich unglaubliche Geschichten mit Todesangst und Hilflosigkeit.

23.

Ich versuchte, den Gedanken an Hannibal zu verdrängen. Wenn ich mir auch nur für den Bruchteil einer Sekunde vorstellte, was mich für ein grausames Schicksal erwartete, wurde ich fast ohnmächtig vor Angst. Maja, konzentriere dich auf das Wesentliche, sagte ich mir. Ich musste hier raus, und zwar schnell. Aber wie sollte ich das bloß anstellen?

»Was habt ihr mit mir vor?«, fragte ich unsicher, als sich Eva Kirschbaum von ihrem Stuhl erhob.

»Wir vier werden jetzt in den Garten gehen«, erklärte sie, als hätten wir uns zum Kaffeekränzchen getroffen. Das ist meine Chance, schoss es mir durch den Kopf. Wenn ich erst einmal im Freien wäre, könnte mich vielleicht jemand sehen oder hören und mir helfen.

»Sie werden am angelehnten Kellerfenster ein paar hübsche Fingerabdrücke für die Polizei hinterlassen, Frau Kuckuck. Die Polizei liebt Fingerabdrücke, da hat sie etwas Hieb- und Stichfestes in der Hand. Die Herren von der Spurensicherung sollen feststellen, dass Sie in mein Haus eingestiegen sind, um hier herumzuschnüffeln. Da mein lieber Hannibal jedoch ein ganz treuer Wachhund ist, hat er nur seine Pflicht getan und die böse Einbrecherin daran gehindert. Wie finden Sie diese Geschichte, Frau Kuckuck?«, fragte Eva Kirschbaum kalt.

Hannibal hatte auf das Wort »böse« reagiert und aggressiv geknurrt. Meine Situation war schlimmer als ein Alptraum, und das Schrecklichste war, dass ich nicht aufwachte.

Eva Kirschbaum zog die oberste Schublade einer weißen Kommode auf und holte eine kleine schwarze Pistole heraus.

»Nur zur Sicherheit«, meinte sie zu Petra, dann gingen wir im Gänsemarsch durch den hellen Flur in ein Zimmer, das an der Rückseite des Hauses lag. Hannibal war so dicht hinter mir, dass ich seine Schnauze im Rücken spürte. Das Zimmer, in dem hohe Bücherregale an der Wand standen, hatte große Glastüren, die hinaus auf eine Terrasse führten.

»Hier lang!«, forderte mich Eva Kirschbaum auf und drückte mir den Lauf der Pistole an die Schläfe, als wir das Haus verließen. Die Sicht zu den Nachbargrundstücken war durch hohe Hecken und Sträucher versperrt. Wir überquerten die möblierte Terrasse und liefen ein paar Schritte auf dem gepflegten Rasen an der Hausmauer entlang, bis wir tatsächlich vor einem angelehnten Kellerfenster standen. In dem Kellerraum konnte ich eine Waschmaschine und einen Trockner erkennen, der Boden war gefliest. An einem lauen Frühlingsabend wie diesem mussten doch irgendwelche Nachbarn in ihren Gärten sitzen. Ob ich es jetzt wagen sollte, laut um Hilfe zu schreien? Ich spürte den kalten Pistolenlauf an meiner Stirn und blickte auf den zähnefletschenden Hannibal. Die Angst schnürte mir derart die Kehle zu, dass ich nicht im Stande war, auch nur einen winzigen Laut von mir zu geben. Verzweifelt schickte ich ein Stoßgebet zum Himmel, was sollte ich bloß tun?

»Beugen Sie sich runter und machen Sie das Fenster auf«, verlangte Eva Kirschbaum. Ich hatte keine andere Wahl und tat, was sie sagte. Auf einmal begann Hannibal zu knurren.

»Da ist jemand vorne an der Gartentür«, flüsterte Eva Kirschbaum erschrocken.

»Was machen wir jetzt?«, fragte Petra nervös.

»Ich schaue nach«, sagte Eva Kirschbaum knapp und ging los. Petra übernahm die Pistole an meiner Schläfe. »Ein Mucks und du bist tot«, drohte sie, während Eva Kirschbaum um die Ecke zur Straßenseite vorging.

»Hallo, Frau Kirschbaum, ich habe gerade an der Haustür geläutet, aber es hat niemand aufgemacht«, hörte ich eine Stimme, die mir wie Engelsgesang erschien. Es war Ruth!

»Was wünschen Sie denn?«, fragte Eva Kirschbaum höflich.

»Ist Maja Kuckuck bei Ihnen?«, erklangen die wunderbaren Worte von Ruth.

»Nein, wieso sollte sie hier sein?«, entgegnete die fiese Mörderin völlig ohne Skrupel.

»Weil ihr Auto dort steht«, gab Ruth berechtigterweise zurück. Dem Himmel sei Dank!

»Vielleicht ist sie in den Biergarten vom Hofbrauhaus gegangen, bei schönem Wetter sind die Parkplätze oft knapp.«

»Das könnte sein, dann entschuldigen Sie die Störung«, sagte Ruth – und ging.

Mein letzter Rest Hoffnung löste sich in Luft auf, in wenigen Minuten würde ich dieser hechelnden Bestie zum Fraß vorgeworfen werden!

»So, Frau Kuckuck, dann gehen wir jetzt wieder ins Haus«, teilte mir Eva Kirschbaum mit, nachdem sie zurückgekommen war. »Hast du das gehört?«, fragte sie Petra etwas nervös.

»Das ist kein Problem, du bist gerade erst nach Hause gekommen und hast einfach noch nicht bemerkt, was im Keller vorgefallen ist«, schlug Petra als plausible Erklärung für die zu erwartenden Fragen der Polizei vor.

Wir gingen durch den Flur zu einer steinernen Treppe, auf der ein blauer Läufer lag. Hannibal begann, mich von hinten zu schubsen, sodass ich fast die Stufen hinabfiel.

»Gleich mein Lieber, die böse Frau Kuckuck muss erst in den Keller gehen, damit der Teppich nicht schmutzig wird«, mahnte Eva ihre Bestie zur Geduld.

Wieder wurde Hannibal durch das Wort »böse« angestachelt, sein Knurren ging mir durch Mark und Bein. Wir erreichten den Waschraum und Petra fragte: »Hast du noch einen Wunsch bezüglich deiner Bestattung? Ich meine, du hast dich ja inzwischen ausgiebig in meinem Laden umgesehen.«

Ich war so verrückt vor Panik, dass ich mir einbildete, es hätte geklingelt.

»Verdammt, wer ist das?«, fluchte Eva Kirschbaum.

Es war keine Einbildung, es hatte tatsächlich geklingelt. War Ruth vielleicht zurückgekommen? Hatte sie gemerkt, dass hier etwas nicht stimmte?

»Mach einfach nicht auf«, riet Petra ihrer Freundin.

Es klingelte abermals. Die beiden sahen sich an, Hannibal begann zu bellen.

»Öffnen Sie sofort die Tür!«, hörte ich eine männliche Megafon-Stimme. Hatte Ruth die Polizei verständigt?

»Aber ...«, rief Eva Kirschbaum entsetzt.

»Das Haus ist umstellt!«, dröhnte es erneut von draußen. Ich hätte am liebsten losgebrüllt vor Glück, aber Hannibal hatte die Bedeutung dieser Worte nicht verstanden. Er bellte wie wild, als hätte er Angst, jemand könnte ihm seine Beute wegschnappen!

»Was sollen wir tun?«, begann Petra zu schluchzen.

Die beiden Frauen fielen sich in die Arme, während gleichzeitig Schritte von oben zu hören waren. Hannibal stürzte wie von der Tarantel gestochen los und hechtete die Stufen nach oben. Gleich darauf hallten zwei Schüsse durch das Haus. Eva Kirschbaum schrie ein entsetztes »Nein!« und rannte die Treppe hinauf, Petra folgte ihr.

Mir versagten die Beine, ich sackte zu Boden und lehnte mich mit dem Rücken an die Waschmaschine. Der Horror hatte tatsächlich ein Ende.

Zwei Polizisten kamen in den Raum geeilt und blickten mich erleichtert an.

»Sind Sie in Ordnung?«, fragte der eine, während sich der andere sofort zu mir niederkniete und meinen Puls fühlte.

»Ja«, sagte ich, »aber mit den Nerven am Ende.«

Kommissar Herrmanns betrat den Waschraum und blickte grimmig auf mich herunter.

»Sie ist unversehrt«, teilte ihm einer der beiden Polizisten mit.

»Jetzt können Sie schimpfen, so viel Sie wollen, Herr Kommissar, ich habe nichts dagegen«, empfing ich ihn reumütig.

Kommissar Herrmanns öffnete den Mund, um mir gehörig die Meinung zu geigen, überlegte es sich jedoch anders und starrte mich lediglich kopfschüttelnd an.

»Wie haben Sie mich gefunden, Herr Kommissar?«, wagte ich dennoch zu fragen.

»Theo hat Großalarm ausgelöst, und er ist immerhin der Spezialist für die Katastrophe Kuckuck«, erklärte der Kommissar. »Wann sind Sie vernehmungsfähig?«

»Ich würde jetzt gerne ein großes Beruhigungsbier trinken, und dann bin ich vernehmungsfähig«, antwortete ich der Wahrheit entsprechend.

»Bringt Frau Kuckuck in die Inspektion und serviert ihr eine Apfelschorle«, wies der Kommissar seine Kollegen an, dann verschwand er wieder. Gestützt von den beiden jungen Polizisten erhob ich mich und ging die Treppe hinauf. Auf der obersten Stufe lag der tote Hannibal, ich musste mit Hilfe der Polizisten über ihn drübersteigen. So friedlich und still, wie er dalag, konnte man sich kaum vorstellen, zu welchem Monster er noch vor wenigen Minuten von seiner Besitzerin gemacht worden war.

Wir gingen auf die Straße hinaus, wo sich bereits einige Schaulustige hinter den rot-weißen Absperrungsbändern postiert hatten. Theo Scheffel war ebenfalls da und unterhielt sich innerhalb der Sperrzone mit einem ehemaligen Kollegen. Als er mich sah, kam er sofort auf mich zu und wetterte mit unterdrückter Lautstärke: »So habe ich mir meinen Ruhestand nicht vorgestellt! Es ist dir hoffentlich klar, wer dich aus diesem Schlamassel rausgeholt hat!«

Kaum hatte Theo seine kurze Standpauke beendet, entdeckte ich Ruth, die heftig winkend hinter der Absperrung stand. Natürlich ging ich ohne Rücksicht auf meine begleitenden Polizisten zu ihr hin.

»Na endlich«, stöhnte sie. »Wir haben gewusst, dass du da drin bist, wir haben dich nämlich reingehen sehen. Ich habe es heute Mittag einfach nicht mehr ausgehalten und habe Theo doch noch erzählt, was du im Sarg gehört hast. Der Theo war so sauer, das kannst du dir gar nicht vorstellen«, plapperte sie ohne Punkt und Komma, »und dann hat er gesagt, dass ihm jetzt nichts anderes übrig bleibt als diese Iris Nagel zu beschatten, weil wir zwei so blöd sind. Iris Nagel ist vom Geschäft nach Hause und dann hierher gefahren. Wir haben gesehen, wie sie mit einem Schlüssel dieses Haus aufgesperrt hat und hineingegangen ist. Als du wenig später mit Frau Kirschbaum ebenfalls da reingegangen bist, hab ich geläutet und nach dir gefragt, aber Frau Kirschbaum hat gesagt, du seist nicht da. Theo hat sofort die Kollegen informiert und gemeint, jetzt brennt's. Was ist denn nun da drin passiert?«, fragte sie schließlich voller Ungeduld.

»Das wird Frau Kuckuck zuerst uns berichten«, unterbrach einer der beiden Polizisten meine Unterhaltung mit Ruth.

»Du hast bestimmt viel zu erzählen«, gluckste Ruth in merkwürdigem Ton. Ich zwinkerte ihr kaum sichtbar zu, um ihr zu versichern, dass ich schon wusste, was ich den Herren erzählen durfte und was nicht. Natürlich würde ich verschweigen, dass Ruth bei meinem letzten Besuch im Bestattungsunternehmen mit von der Partie gewesen war, das konnte ich ihr und ihrem Mann nicht antun. Dann stieg ich mit den beiden Polizisten in einen Polizeiwagen und fuhr mit ihnen zutiefst erleichtert und glücklich zur Polizeiinspektion.

24.

Gegen elf Uhr abends sperrte ich endlich meine Haustür auf und zapfte mir sofort ein frisches Pils in der leeren Weinstube, das ich auf zwei Züge leerte.

Die Aufnahme meines Protokolls in der Polizeiinspektion hatte sich über fast drei Stunden hingezogen. Kommissar Herrmanns und seine Kollegen konnten kaum glauben, was ich ihnen alles erzählte, manche Szenen musste ich sogar mehrmals wiederholen. Ich zapfte mir ein weiteres Pils, das ich mit nach oben in meine Wohnung nahm. Immer noch in Reitkleidung ließ ich mich erschöpft auf das Sofa fallen und zischte das zweite Pils weg. Ich war zwar körperlich völlig am Ende, aber an Schlaf war nicht zu denken, dafür war ich zu aufgewühlt. Laut Kommissar Herrmanns saßen die beiden mörderischen Damen in Untersuchungshaft und würden morgen verhört und mit meinen Aussagen konfrontiert werden. Ich war immer noch schockiert, dass man sich in einem Menschen so täuschen konnte, obwohl man ihn jahrelang vermeintlich gut gekannt hatte. Niemals hätte ich der netten Petra solche grausamen Taten zugetraut! Dafür, dass ich den Mord an Felix schon fast meiner alten Freundin Thea angehängt hatte, schämte ich mich unendlich. Zum Glück hatte ich mit niemandem über meine absurde Vermutung gesprochen, wie würde ich jetzt dastehen!

Da ich zu faul war, mir in der Weinstube ein weiteres Bier zu holen, gönnte ich meinen Nerven noch einen Grappa, um die nötige Bettschwere zu erlangen. Der arme Herr Frey, dachte ich, er würde sicherlich schwer getroffen sein, wenn er erfuhr, warum ihn Eva verschmäht hatte. Und was würde denn jetzt mit den Pferden der Mörderinnen passieren?

Beim Stichwort Pferde fiel mir ein, dass ich noch drei unfertige Gemälde meiner selbst konstruierten Tierrasse auf der Staffelei stehen hatte. Ob meine Tochter nebst ihrem Göttergatten diesen Kunstwerken etwas abgewinnen können würde? Zumindest musste noch ein Hintergrund her, so konnte ich die Bilder auf keinen Fall abliefern. Ich stand auf und betrachtete das oben liegende Bild. Eine Wiese hatte mir Salvatore verboten, was blieb denn da noch übrig? Auf einmal hatte ich eine zündende Idee. Dass ich da nicht gleich draufgekommen war? Ich nahm den Pinsel in die Hand und malte unter das erste Tierchen eine graue Straße. Das zweite Bild verschönerte ich mit ein paar Bäumen rechts und links, und über das dritte Tier malte ich schwarze, senkrechte Balken. Nachdem ich alles fotografiert hatte, mailte ich die Kunstwerke meinem Schwiegersohn mit folgenden Titeln: Wolpertinger auf Straße, Wolpertinger im Wald und Wolpertinger im Zoo. So, das war mein letztes Angebot, wenn es den Herrschaften nicht gut genug war, konnten sie sich ja anderweitig nach künstlerisch veranlagten Wohltätern umsehen. Endlich war ich so müde, dass ich fix und fertig ins Bett fiel.

Am Freitagmorgen wachte ich erst um zehn Uhr auf, der tiefe und traumlose Schlaf hatte mir gutgetan. Nach einem gemütlichen Frühstück rief ich Lilli an, um ihr in allen Einzelheiten von den gestrigen Ereignissen zu berichten.

»Ich bin sprachlos«, sagte sie schließlich, »aber siehst du, ich war die Erste, die Iris Nagel misstraut hat, obwohl ich sie nur von deinen Erzählungen her kannte.«

»Du hast eben auch eine kriminalistische Begabung, Lilli«, machte ich meiner Freundin ein Kompliment.

»Hast du dich schon entschieden, ob du zum Requiem von Felix kommen wirst?«, fragte Lilli.

»Ich komme nicht, das tue ich mir nicht an«, teilte ich Lilli klipp und klar mit. Ich wollte mich heute Nachmittag während Felix' Beerdigung mit Doris im Café treffen, ihr alles erzählen und mich auf diese Weise davon ablenken, dass der Chor zum ersten Mal seit vierzig Jahren ohne mich sang.

Kaum hatte ich aufgelegt, rief mein Schwiegersohn Salvatore aus seiner Praxis an.

»Maja, hast du gemalt eine wunderbare Trilogie, ist diese Wolpertinger sehr gefährlich? Gibt es bei uns keine Wolpertinger, ist sehr interessant für meine Freunde!«

»Viola wird dir alles über Wolpertinger erklären, was du wissen musst«, sagte ich meinem Schwiegersohn. Von mir aus sollte sie ihn ruhig in dem Glauben lassen, dass dieses gefährliche Phantasietier in den bayerischen Wäldern sein Unwesen trieb.

Nach dem kurzen Gespräch mit Salvatore wählte ich die Nummer meiner Tochter und schilderte ihr das Abenteuer, das ihre Mutter gestern erlebt hatte.

Sie war völlig außer sich und redete mir, wie schon so oft, ins Gewissen, dass ich meine Freizeitbeschäftigung endlich meinem Alter anpassen und nicht mehr in Mordfällen herumschnüffeln sollte, schließlich trug ich eine Verantwortung als Mutter und Großmutter. Ich wusste, dass sie recht hatte, in solch eine Situation wie gestern Abend wollte ich bestimmt nicht mehr geraten.

Wenn jetzt noch Herr Thurgau anrufen und mich um Verzeihung bitten würde, wäre die Welt wieder in Ordnung, dachte ich geknickt, aber unser eingeschnappter Chorleiter meldete sich nicht.

Mit schwerem Herzen traf ich mich am Nachmittag mit Doris im »Café Tratsch«.

»Jetzt mach nicht so ein Gesicht, Maja, du hast einen Mordfall aufgeklärt und bist diesem Hannibal um Haaresbreite vom Teller gesprungen, was willst du mehr?«, meinte sie, nachdem ich ihr den Ablauf des gestrigen Tages berichtet hatte. »Ich habe sowieso noch nie verstanden, weshalb ein Mann zur Autoritätsperson wird, weil er mit einem kleinen Stöckchen in der Hand fuchtelt. Du hast es mit Hannibal aufgenommen, du wirst doch mit diesem windigen Taktstockschwinger fertig werden.«

Wenn mich dieser windige Taktstockschwinger aber nicht mehr haben wollte? Deprimiert ging ich nach Hause und fragte mich, was die Chormitglieder heute Abend nach der Chorprobe erzählen würden. Irgendwie musste Herr Thurgau meinen Rauswurf doch vor der Chorgemeinschaft rechtfertigen.

Als ich gegen sieben Uhr in die Landshuter Straße einbog, sah ich eine schmächtige Gestalt vor meiner Haustür stehen. Wenn das nicht Herr Thurgau war! Aufgeregt und mit gemischten Gefühlen beschleunigte ich meine Schritte und erreichte ihn gerade noch, bevor er wieder gehen wollte.

»Was fällt Ihnen ein, unentschuldigt nicht zum Requiem zu erscheinen!«, brüllte er mir ins Gesicht.

»Aber Sie haben mich doch rausgeschmissen, Herr Thurgau«, sagte ich platt.

»Seit wann nehmen Sie mich ernst, Frau Kuckuck! Sie machen doch sonst auch immer, was Sie wollen!«, schimpfte er mit hochrotem Kopf.

»Ja schon, aber ich wusste nicht, dass Sie sich neuerdings daran gewöhnt haben«, entgegnete ich ungläubig.

»Ich habe mich nicht daran gewöhnt, aber der Alt schleudert, wenn Sie nicht da sind. Manchmal muss man eben ästhetische Abstriche machen, um das Gesamtprojekt nicht zu gefährden!«, keifte Herr Thurgau wütend.

Ich wusste zwar nicht genau, was er mit dem letzten Satz gemeint hatte, aber ich war ganz offensichtlich tatsächlich immer noch ein Mitglied des Kirchenchors von St. Peter und Paul.

»Herr Thurgau«, begann ich zutiefst gerührt und mit Tränen in den Augen, »ich verspreche Ihnen eines: Ich werde Sie nie wieder ernst nehmen, darauf können Sie sich hundertprozentig verlassen.«

»Aber ... das habe ich doch gar nicht ...«, japste Herr Thurgau.

Er war wohl so ergriffen, dass ihm die Worte fehlten.

Mein herzlicher Dank gilt

meinem Mann Helmut und meiner Tochter Kathrin
meinen Eltern Roswitha und Wolfram Menschick
meiner Schwester Michaela und Marit Obsen

Roswitha Wildgans
FINALE FURIOSO
Broschur, 176 Seiten
ISBN 978-3-89705-437-0

»Eine singende Wirtin, die auch ermittelt – ein vergnüglicher Lesestoff.« Süddeutsche Zeitung

»Ein erfrischend gradliniger, unterhaltsamer Krimi mit einer sehr sympathischen Ermittlerin.« Libro fantastico

www.emons-verlag.de

ROSWITHA WILDGANS
CONCERTO
FATALE
OBERBAYERN KRIMI